W0332517

C.G. Jung

Die Flamme des Eros

C.G. Jung

Die Flamme des Eros

Textauswahl von Franz Alt

Walter Verlag

Die Deutsche Bibliothek – CIP-Einheitsaufnahme

Jung, Carl G.:
Die Flamme des Eros / C. G. Jung. Textausw. von Franz Alt. –
Düsseldorf; Zürich: Walter, 2001
ISBN 3-530-41005-5

© 2001 Patmos Verlag GmbH & Co. KG
Walter Verlag, Düsseldorf und Zürich
Alle Rechte, einschließlich derjenigen des auszugsweisen
Abdrucks sowie der fotomechanischen und elektronischen
Wiedergabe, vorbehalten.
Satz: Fotosatz Moers, Mönchengladbach
Druck und Bindung: Clausen & Bosse, Leck
ISBN 3-530-41005-5

Inhalt

Vorwort

Für Suchende!

Zur Zeit wird in Europa jede dritte Ehe geschieden. In Großstädten wie Berlin, Wien, Hamburg, München, Düsseldorf oder Frankfurt trennen sich schon 40 Prozent aller Paare. Wenn diese Entwicklung des letzten Jahrzehnts so weitergeht, dann werden in 20 Jahren 90 Prozent aller Ehen geschieden. Die meisten Menschen sehnen sich nach einer dauerhaften Bindung in einer harmonischen Partnerschaft. Aber: Die meisten Menschen sind mit ihrer Ehe und Sexualität, mit dem, was sie unter Liebe verstehen, unzufrieden. Warum?

Das Gegenteil von Liebe ist nicht Gewalt – das Gegenteil von Liebe ist die Gleichgültigkeit und die Illusion über die Liebe. «Man» liebt sich kaum noch – «man» hat eine «Beziehung». Und diese «Beziehung» wird gepflegt, solange sie pflegeleicht ist. Danach legt «man» sie ab und sucht sich eine neue. Zwar werden noch immer viele Paare vor christlichen Altären getraut, aber nur wenige trauen sich wirklich.

Viele Männer verstehen unter Sexualität entweder Hochleistungssport oder rasche einseitige Triebbefriedigung. Sie wissen zuwenig von Zärtlichkeit und Phantasie, von emotionaler Nähe und Zusammenspiel. Eine erfahrene Jungsche Psychotherapeutin: «Es gibt keine frigiden Frauen, es gibt aber sehr viele gefühllose und hilflose Männer im Bett.» Die meisten sexuell frustrierten Frauen wagen es nicht, mit ihren Männern über ihre sexuellen Empfindungen zu sprechen. Manche Männer reden liebevoller mit ihrem Auto als mit ihrer Frau.

Die große Illusion über Liebe und Ehe: Wir können sie nicht *haben.* Wir müssen sie immer wieder neu *lernen* und dafür arbeiten. Liebe kann ich nur *leben.* Sicher sind Liebe und Ehe auch Gaben – aber ebenso Auf-Gaben. Liebe ist immer Liebes-Arbeit.

Ehen gehen nicht kaputt, wenn ein Dritter oder eine Dritte zwischen die beiden tritt. Ehen sind kaputt, wenn die beiden nicht mehr an ihrer Liebe und Ehe arbeiten. Zur Ehe gehören Treue, Freiheit und Urvertrauen wie die Luft zum Atmen. Liebesarbeit ist der tägliche Kampf gegen die Verliebtheit in unser eigenes Ich. Wenn das Feuer der Liebe erlischt, fragen wir sehr rasch: «Warum werde ich nicht mehr geliebt?» Wichtiger ist die Frage: «Warum liebe ich nicht mehr?»

Mann und Frau sehnen sich nach Einheit, seit sie sich ihrer Polarität bewußt sind – seit Adam und Eva. Sexuelle Vereinigung ist die Sehnsucht nach Ganzheit, sexuelles Glück die Vorahnung einer himmlischen Glückseligkeit. Sexualität kann ein spirituelles Erlebnis und ein Gotteserlebnis sein. Es könnte ja viel mehr als eine fromme Harmlosigkeit bedeuten, wenn Christen beten: «Entzünde in uns das Feuer deiner Liebe.»

Die vordergründig freizügige Diskussion über Sexualität in unseren Massenmedien verdeckt oft das eigentliche Thema: Die Ehe ist primär eine *seelische* Beziehung zwischen Mann und Frau. Die Ein-Ehe ist Ausdruck unseres Verlangens nach Ein-heit. Alles andere ist weitverbreitete – meist männliche – Illusion und Projektion, die nicht zu dauerhaftem Glück führen.

Wenn ich wirklich liebe, kann ich vernünftigerweise nicht sagen: «Ich liebe dich für drei Jahre.» Ich kann nur sagen: «Ich liebe dich» – und entsprechend leben.

C. G. Jung schwärmt nicht von Liebe, Ehe und Sexualität. Die persönlichen Schwierigkeiten in seiner Ehe und die Eheprobleme seiner Eltern spielen eine Rolle, wenn sich der Meister der Selbsterkenntnis eher pessimistisch zu unserem Thema äußert. Jung hatte jahrzehntelang eine Beziehung zu einer festen Freundin. Seine Frau wußte es und – duldete es schließlich. Jungs Selbstbetrug, den die Inkonsequenz seiner Frau möglich machte: Er brauche zu seiner geistigen Entfaltung eine solche Freundin. Pharisäer mögen die Nase rümpfen und Heuchler ihr Entsetzen äußern, daß ich Jungs Schatten nicht verschweige. Wer ohne Fehler ist, der werfe den ersten Stein. (Und als Heiliger wollte Carl Gustav Jung nie mißverstanden werden.) Das Gelingen einer Ehe hängt immer von der Liebesfähigkeit, der Konsequenz und der Eindeutigkeit *beider* Partner ab. Ich weiß, wovon ich schreibe: Die Erkenntnis dieser Zusammenhänge verdanke ich einer Jungschen Analyse und meiner Frau. Erst seither lerne ich, daß die Ehe *die* Nagelprobe der Liebe ist. «Liebe entzündet das Feuer, die Treue hütet es» (Maria Nels). Die Treue ist die Wurzel der Liebe. Wenn beide Partner darüber hinaus sich als gleichwertig akzeptieren, dann kann neues Wachstum genau dort beginnen, wo viele sich trennen oder scheiden lassen. In der Liebe wachsen heißt: die Chance jeder Krise erkennen und ergreifen. C. G. Jung: «Es gibt keine Bewußtwerdung ohne Schmerzen.»

Die neuen Vertreterinnen und Vertreter der «Positiven Psychologie» meinen, 70 Prozent derer, die sich scheiden lassen, müßten sich nicht scheiden lassen, wenn sie lernen würden, gelassener und zugleich ernsthafter, aber auch humorvoller mit sich und ihren Problemen umzugehen. Sie könnten lernen, den Anderen oder die Andere eher bei seinen/ihren Stärken zu packen, anstatt primär die Schwächen zu beurteilen. Das setzt freilich mehr emotionale und psychische Fitneß voraus, die man in der Schule des Schweizer Tiefenpsychologen lernen kann. Liebe kann dann heißen: den Anderen zum Aufblühen bringen!

Wenn Jung von Ganzheit spricht, meint er nicht Perfektion im Sinne ethischer Vollkommenheit. Jung, der immer Suchende, schreibt für Suchende.

Baden-Baden, Mai 2001 *Franz Alt*

Von Sexualität

*Es ist ein beliebtes neurotisches Mißverständnis,
daß die rechte Anpassung an die Welt
im Ausleben der Sexualität zu finden sei.*

GW 4, 223

Die sexuelle Frage

Der Konflikt zwischen Ethos und Sexualität ist heutzutage nicht eine bloße Kollision von Triebhaftigkeit und Moral, sondern ein Kampf um die Daseinsberechtigung eines Triebes oder um die Anerkennung einer in diesem Trieb sich ausdrückenden Macht, die anscheinend nicht mit sich spaßen läßt und darum sich unseren wohlmeinenden Sittengesetzen auch nicht fügen will. GW 8, 68

*

Bekanntlich besteht der Kulturprozeß in einer fortschreitenden Bändigung des Animalischen im Menschen; es ist ein Domestikationsprozeß, der nicht ohne Empörungen von seiten der freiheitsdurstigen Tiernatur durchgeführt werden kann. Von Zeit zu Zeit geht es wie ein Rausch durch die in den Kulturzwang sich hineinschraubende Menschheit: das Altertum hat es erlebt in der aus Osten heranbrandenden Welle der dionysischen Orgien, welche zum wesentlichen und charakteristischen Bestandteil antiker Kultur wurden und deren Geist nicht wenig dazu beitrug, daß in zahlreichen Sekten und Philosophenschulen des letzten vorchristlichen Jahrhunderts das stoische Ideal sich zur Askese entwickelte und aus dem polytheistischen Chaos jener Zeit die asketischen Zwillingsreligionen des Mithraismus und des Christentums hervorgingen. Eine zweite Welle dionysischen Freiheitsrausches ging in der Renaissance durch die abendländische Menschheit. Es ist schwer, die eigene Zeit zu beurteilen. [...] Aber wenn wir sehen, wie die Künste, das Stilgefühl und der öffentliche Geschmack sich entwickeln, was die Menschen lesen, schreiben, was sie für Vereine gründen, was für «Fragen» an der Tagesordnung sind, wogegen sich die Philister wehren: so finden wir im langen Register unserer gegenwärtigen sozialen Fragen nicht zuletzt die sogenannte «sexuelle Frage», die getragen ist von Menschen, welche an der bestehenden Sexualmoral rütteln und die Last moralischer Schuld, welche vergangene Jahrhunderte auf den Eros gehäuft haben, abwerfen möchten. Man kann die Existenz dieser Bestrebungen nicht einfach negieren oder ihnen Mangel an Berechtigung vorwerfen; sie existieren und haben darum wohl zureichenden Grund dazu. Es ist interessanter und nützlicher, aufmerksam die Grundlagen dieser Bewegungen unserer Zeit zu durchforschen, als in den Jammerlaut der moralischen Klageweiber einzustimmen, welche [in hysterischer Verzückung] den moralischen Untergang der Menschheit prophezeien. Es ist ein Vorrecht der Moralisten, dem lieben Gott am wenigsten Zutrauen zu schenken, indem sie glauben, daß der schöne Baum der Menschheit nur dank dem Herumstutzen, Anbinden und An-Spalierziehen gedeihe, während doch der Vater Sonne und die Mutter Erde ihn nach tiefen, sinnreichen Gesetzen zu ihrer Freude haben wachsen lassen. GW 7, 28 ff.

*

Die Theologie kommt dem Suchenden nicht entgegen, denn sie fordert den Glauben, der aber ein echtes und rechtes Charisma ist, das niemand machen kann. *Wir Modernen sind darauf angewiesen, den Geist wieder zu erleben, das heißt Urerfahrung zu machen.* Dies ist die einzige Möglichkeit, den Zauberkreis des biologischen Geschehens zu durchbrechen. GW 4, 391

Es ist zweifellos richtig, daß die Triebhaftigkeit auf dem Gebiet der Sexualität am allermeisten und eindrücklichsten mit den moralischen Ansichten kollidiert. Der Zusammenstoß von infantiler Triebhaftigkeit und Ethos kann nie vermieden werden. Er ist sogar, wie mir scheint, die conditio sine qua non [Grundbedingung] der psychischen Energie. Während wir alle darin übereinstimmen, daß es ganz selbstverständlich ist, daß Morden, Stehlen und andere Affektrücksichtslosigkeiten jeder Art unzulässig seien, so gibt es doch eine sogenannte *sexuelle* Frage. Man spricht von keiner Mordfrage oder Jähzornsfrage. Man ruft nicht nach sozialen Maßnahmen gegen diejenigen, die ihre schlechten Launen an den Mitmenschen auslassen. Und doch sind das alles Triebhaftigkeiten, aber ihre Unterdrückung erscheint uns als selbstverständlich. Einzig zur Sexualität setzt man ein Fragezeichen. Dieses Zeichen deutet auf einen Zweifel, nämlich auf den Zweifel, ob unsere bisherigen moralischen Begriffe und die darauf gegründeten, gesetzlichen Institutionen genügen oder zweckentsprechend seien. Kein Einsichtiger wird bestreiten, daß in bezug auf dieses Gebiet sehr geteilte Meinungen herrschen. Es wäre ja gar kein Problem dieser Art vorhanden, wenn nicht eine Uneinigkeit der öffentlichen Meinung in dieser Hinsicht bestünde. Es ist offenkundig eine Reaktion gegen eine zu rigorose Sittlichkeit am Werk. Es handelt sich dabei nicht etwa um einen bloßen Ausbruch einer primitiven Triebhaftigkeit. Dergleichen Ausbrüche haben sich bekanntlich noch nie um Sittengesetze und moralische Problematik bekümmert. Sondern es handelt sich um das ernsthafte Bedenken, ob unsere bisherige sittliche Auffassung der Natur der Sexualität gerecht werde oder nicht. Aus diesem Zweifel entsteht naturgemäß ein legitimes Interesse, die Natur der Sexualität besser und tiefer zu verstehen. Diesem Interesse kommen nicht nur die *Freudsche* Psychologie, sondern noch viele andere Unternehmungen entgegen. Daß *Freud* daher einen besonderen Nachdruck auf die Sexualität legt, dürfte eine mehr oder weniger bewußte Antwort auf die zeitgemäße Frage sein; und umgekehrt: die Aufnahme, die *Freud* im Publikum gefunden hat, dürfte beweisen, wie zeitgemäß seine Antwort war. GW 8, 67 f.

*

Einem aufmerksamen und kritischen Leser der *Freudschen* Schriften wird nicht entgehen, wie allgemein und dehnbar sein Sexualbegriff ist. Er ist in der Tat so weit, daß man sich des öfteren fragt, warum der Autor an gewissen Stellen überhaupt eine Sexualterminologie verwende. Sein Sexualbegriff umfaßt nicht nur die physiologischen Sexualvorgänge, sondern auch beinahe alle Stufen, Phasen und Arten des Gefühls und des Begehrens. Diese enorme Dehnbarkeit macht seinen Sexualbegriff auch universal verwendbar, aber nicht zum Vorteil der dadurch vermittelten Erklärung. Man kann mittels dieses Begriffes ein Kunstwerk oder ein religiöses Erlebnis auf genau dieselbe Art erklären wie ein hysterisches Symptom. Die absolute Verschiedenheit dieser drei Dinge fällt dabei außer Betracht. Die Erklärung kann also nur eine Scheinerklärung sein für mindestens zwei der erwähnten Dinge. Abgesehen von diesen Inkonvenienzen ist es aber psychologisch richtig, wenn das Problem der Triebe zunächst von der Seite der Sexualität aufgefaßt wird, denn dort liegt etwas, was gerade dem Unvoreingenommenen zu denken gibt.

GW 8, 68

*

Die Sexualität ist nicht bloß eine Triebhaftigkeit, sondern auch eine unzweifelhaft schöpferische Macht, die nicht nur Grundursache unseres individuellen Lebens, sondern auch ein sehr ernst zu nehmender Faktor in unserem psychischen Leben ist. Wir wissen heutzutage zur Genüge, was für bedenkliche Folgen Störungen der Sexualität nach sich ziehen können. Man könnte die Sexualität den Wortführer der Triebe nennen, weshalb der geistige Standpunkt in ihr seinen Hauptwidersacher erblickt; allerdings nicht etwa darum, weil sexuelle Ausschweifung an und für sich unmoralischer wäre als Fressen und Saufen, Geldgier, Tyrannei und Verschwendungssucht, sondern weil der Geist in der Sexualität ein ihm ebenbürtiges, ja verwandtes Gegenstück wittert. Denn so, wie der Geist die Sexualität, wie alle anderen Triebe, seiner Form unterordnen möchte, so hat auch die Sexualität einen alten Anspruch auf den Geist, den sie einstmals – in der Zeugung, Schwangerschaft, Geburt und Kindheit – in sich enthielt und deren Leidenschaft der Geist in seiner Schöpfung nicht ertragen kann. Was ist der Geist schließlich, wenn ihm kein ebenbürtiger Trieb gegenüberstünde? Er wäre bloß leere Form. Die vernünftige Berücksichtigung anderer Triebe ist uns zur Selbstverständlichkeit geworden; mit der Sexualität ist es aber anders, sie ist uns noch problematisch, das heißt, in diesem Punkte sind wir noch nicht zu jener Bewußtheit gelangt, die es uns ermöglichte, dem Trieb völlig gerecht zu werden, ohne eine empfindliche moralische Einbuße. […]

Es ist hier nicht der Ort, die möglichen Gründe der zeitgenössischen Einstellung zur Sexualität zu erörtern. Es genüge, hervorzuheben, daß es uns vorkommt, als ob die Sexualität der stärkste und unmittelbarste Trieb sei (bei Primitiven, wo die Magenfrage eine viel größere Rolle spielt, ist dies nicht der Fall), weshalb er als *der* Trieb überhaupt erscheint. Des ferneren muß ich nun aber auch hervorheben, daß das geistige Prinzip, strenggenommen, nicht mit dem *Trieb* kollidiert, sondern mit der *Triebhaftigkeit,* als welche ein ungerechtfertigtes Überwiegen der Triebnatur gegenüber dem Geistigen zu verstehen ist. *Das Geistige erscheint in der Psyche auch als ein Trieb,* ja, als eine wahre Leidenschaft, wie *Nietzsche* es einmal ausdrückt, «als ein verzehrendes Feuer». GW 8, 68 f.

*

Die lächerliche und beinahe krankhafte Übertreibung des sexuellen Gesichtspunktes ist an sich ein Symptom einer zeitgenössischen geistigen Störung, die hauptsächlich auf der Tatsache beruht, daß unsere Zeit kein richtiges Verständnis der Sexualität besitzt. Wenn je aber ein Instinkt unterschätzt worden ist, so muß eine abnorme Überschätzung die Folge davon sein. Und je ungerechter die Unterschätzung war, um so ungesunder wird die darauf folgende Überschätzung sein. In Wirklichkeit könnte keine moralische Verurteilung die Sexualität so verhaßt machen wie die Obszönität und die verblendete Geschmacklosigkeit ihrer Überschätzung. Die intellektuelle Plumpheit der sexualistischen Deutung verunmöglicht sogar eine richtige Wertschätzung der Sexualität. So führt, wahrscheinlich ganz gegen die persönliche Absicht von *Freud,* eine gewisse ihm folgende Literatur das Werk der Verdrängung in sehr wirksamer Weise weiter. Vor *Freud* durfte nichts sexuell sein, jetzt ist alles auf einmal sozusagen «nichts als» sexuell. GW 17, 100

Unsere schiefe Sexualmoral

Wir beobachten beim Kranken so viele sogenannte unmoralische Antriebe, daß sich dem Psychotherapeuten unwillkürlich schon der Gedanke aufdrängt, wie es wohl zuzugehen hätte, wenn alle diese Ansprüche befriedigt werden sollten. [...] Es handelt sich in der Regel bloß um maßlos übertriebene Forderungen, welche von der aufgestauten Libido des Kranken in der Regel gegen seinen Willen in den Vordergrund geschoben werden. Die Kanalisierung der Libido in die Erfüllung der einfachen Lebenspflichten genügt in den meisten Fällen, um die Spannung dieser Wünsche auf Null herunterzusetzen. In gewissen Fällen aber ist es eine anerkannte Tatsache, daß sogenannte unmoralische Tendenzen durch die Analyse [Therapie] keineswegs beseitigt werden, sondern noch viel mehr und deutlicher hervortreten, so daß es klar wird, daß sie zu den biologischen Pflichten des Individuums gehören. Dies ist aber namentlich der Fall bei gewissen sexuellen Ansprüchen, die auf eine individuelle Bewertung der Sexualität hinzielen. Diese Frage ist keine Frage der Pathologie, sondern eine soziale Zeitfrage, welche gebieterisch eine ethische Lösung verlangt. Es ist für viele eine biologische Pflicht, an der Lösung dieser Frage zu arbeiten, das heißt, irgendwie praktische Lösungen zu finden. (Die Natur begnügt sich bekanntlich nicht mit Theorien.) Wir haben nämlich heutzutage bloß eine legale Bewertung der Sexualität, nicht aber eine eigentliche Sexualmoral, genauso wie das frühere Mittelalter keine eigentliche Moralität des Geldgeschäftes kannte, sondern nur Vorurteile und legale Bewertungen. Wir sind noch nicht so weit, innerhalb des freien sexuellen Handelns ein moralisches und ein unmoralisches Verhalten zu unterscheiden. Dies kommt deutlich zum Ausdruck in der öffentlichen Behandlung oder vielmehr Mißhandlung der unehelichen Mutterschaft. All die widerwärtige Heuchelei, die Hochflut der Prostitution und der Geschlechtskrankheiten verdanken wir dem barbarischen legalen Pauschalurteil über das sexuelle Handeln und unserer Unfähigkeit, ein feineres moralisches Empfinden für die ungeheuren psychologischen Unterschiede innerhalb des freien sexuellen Handelns zu entwickeln. GW 4, 329 f.

*

Die Erbsünde, welche die katholische Kirche ewig verfolgt, ist die Sexualität, und das von ihr angestrebte Ideal par excellence ist die Jungfräulichkeit, die das Leben entschieden zum Stillstand bringt. Sollte das Leben jedoch auf seiner Weiterexistenz bestehen, so tritt der Schatten auf den Plan, und die Sünde wird zum ernstlichen Problem, weil man den Schatten nicht mehr der ewigen Verdammnis überlassen kann. GW 18/II, 799

*

Es ist wohl kein Zufall, daß das historische Christentum kein Verhältnis zum Tier hat. Dieser von tieferen Menschen öfters empfundene Mangel (besonders im Vergleich mit dem Buddhismus!) hat bekanntlich einen modernen Dichter veranlaßt, einen Christus darzustellen, der sein Leben auch für die Qual des stummen Tieres opfert. Das Prinzip der christlichen Nächstenliebe kann sich auch auf das Tier, nämlich *das Tier in uns,* erstrecken und in Liebe aufnehmen, was eine schließlich zu strenge Auffassung grausam unterdrückt hat. Durch die Verdrängung ins Unbewußte, in die Quellen, aus denen es erfloß, wird das Tierische noch tierischer, darum ist wohl keine Religion dermaßen mit unschuldigem, grausam vergossenem Blute besudelt wie die christliche Kirche, und nie hat die Welt einen blutigeren Krieg gesehen als den Krieg der christlichen Nationen. Darum erscheint das verdrängte Tierische unter gefährlichen Formen, wenn es aus sich zur Oberfläche kommt, und führt, wenn es durchbricht, zur Selbstzerstörung, zum Selbstmord der Nationen. Wenn aber jeder einzelne ein besseres Verhältnis zu seinem «Tier» hätte, so hätte er eine andere Wertschätzung des Lebens. Dann wäre ihm «Leben» ein unbedingtes, moralisches Prinzip, und er würde sich aus Instinkt gegen jede Institution oder Organisation sträuben, welche die Macht hat, das Leben in großem Umfang zu vernichten. GW 10, 35 f.

*

Der Mensch besitzt im Unbewußten eine feine Witterung für den Geist seiner Zeit, er ahnt seine Möglichkeiten und fühlt in seinem Innern die Unsicherheit der Fundamente gegenwärtiger Moral, die nicht mehr von lebendiger religiöser Überzeugung gestützt ist. Von da stammt der größte Teil der ethischen Konflikte unserer Zeit. Der freiheitsdurstige Trieb stößt gegen die nachgebende Schranke der Moralität: die Menschen sind in Versuchung, sie wollen und wollen nicht. Und weil sie nicht ausdenken wollen und können, was sie eigentlich wollen, ist ihr Konflikt größtenteils unbewußt, und daher stammt die Neurose. Die Neurose ist somit, wie wir sehen, innigst mit dem Problem unserer Zeit verknüpft und stellt eigentlich einen mißglückten Versuch des Individuums dar, in sich selbst das allgemeine Problem zu lösen. Neurose ist *Entzweiung mit sich selbst*. Der Grund der Entzweiung ist bei den meisten Menschen der, daß das Bewußtsein sich an sein moralisches Ideal halten möchte, das Unbewußte aber nach seinem (im gegenwärtigen Sinne) unmoralischen Ideal strebt, was das Bewußtsein beständig ableugnen möchte. Diese Art Menschen möchten immer anständiger sein, als sie es im Grunde genommen sind. Der Konflikt kann nun aber auch umgekehrt sein, es gibt Menschen, die anscheinend sehr unanständig sind und sich selbst nicht die geringste Gewalt antun, im Grunde genommen ist dies aber auch nur eine sündhafte Pose, denn im Hintergrund steht bei ihnen die moralische Seele, die ebenso ins Unbewußte geraten ist wie beim sittlichen Menschen die unsittliche Natur. (Extreme sind daher möglichst zu meiden, denn sie erwecken immer den Verdacht aufs Gegenteil.) GW 7, 284

*

So gibt es viele Neurotische, die aus innerster Anständigkeit mit der Gegenwartsmoral nicht eins sein und sich solange der Kultur nicht anpassen können, als in ihrer Moralität Lücken enthalten sind, deren Ausfüllung das Bedürfnis der Zeit ist. Man täuscht sich sehr, wenn man glaubt, daß viele verheiratete Frauen bloß darum neurotisch sind, weil sie sexuell unbefriedigt seien oder weil sie den passenden Mann nicht gefunden hätten oder weil sie noch an infantile Sexualität fixiert seien. Der wirkliche Grund zur Neurose ist in vielen Fällen der, daß sie die ihnen zukommende Kulturaufgabe nicht zu erkennen vermögen. GW 4, 330 f.

*

Wir finden im Kranken immer einen Konflikt, der an einem gewissen Punkt mit den großen Problemen der Sozietät zusammenhängt, so daß, wenn die Analyse zu diesem Punkt vorgedrungen ist, der anscheinend individuelle Konflikt des Kranken sich als ein allgemeiner Konflikt seiner Umgebung und seiner Zeit enthüllt. Die Neurose ist somit eigentlich nichts anderes als ein individueller (zwar mißglückter) Lösungsversuch eines allgemeinen Problems; es muß ja auch so sein, denn ein allgemeines Problem, eine «Frage», ist nicht ein Ens per se [selbständiges Wesen], sondern existiert nur in den Herzen der einzelnen Menschen. Die «Frage», die den Kranken bewegt, ist die «sexuelle Frage», genauer gesagt *das Problem der heutigen Sexualmoral.* Sein gesteigerter Anspruch auf Leben und Lebensfreude, auf farbenschimmernde Wirklichkeit erträgt zwar die notwendigen Grenzen, die ihm die Wirklichkeit setzt, nicht aber die willkürlichen, schlecht gestützten Schranken gegenwärtiger Moral, welche den aus der Tiefe animalischer Finsternis aufsteigenden schöpferischen Geist zu sehr dämpft. GW 7, 289

*

Die sexuellen Unschönheiten, die in vielen psychoanalytischen Arbeiten einen leider notwendig breiten Raum einnehmen, sind wohl nicht der Psychoanalyse als Schuld anzurechnen, denn unsere ärztliche und gewiß recht mühe- und verantwortungsvolle Tätigkeit bringt die unschönen Phantasien bloß ans Tageslicht, die Schuld an der Existenz dieser zum Teil widerlichen und üblen Dinge trägt jedoch die Verlogenheit unserer Sexualmoral. Einem einsichtigen Menschen braucht es aber kaum nochmals gesagt zu werden, daß die psychoanalytische Erziehungsmethode nicht bloß aus sexualpsychologischen Diskussionen besteht, sondern *alle Lebensgebiete* betrifft. Das Endziel dieser Erziehung ist [...] nicht das, daß der Mensch rettungslos seinen Leidenschaften preisgegeben wird, sondern daß er eben zur notwendigen Selbstbeherrschung gelange. Trotz *Freuds* und meiner Versicherungen wünschen aber unsere Gegner, wir sollten «Ausleben» verschreiben, und behaupten es denn auch, ohne sich darum zu kümmern, was wir selber sagen. Ebenso wird die Theorie der Neurosen, die sogenannte Sexual- oder Libidotheorie, behandelt. Ich versichere zwar anhaltend, seit Jahren, in meinen Kollegien und Schriften, daß der Libidobegriff höchst allgemein gefaßt werde, etwa im Sinne des Instinktes der Arterhaltung, und in der psychoanalytischen Terminologie keineswegs «lokale sexuelle Erregung», sondern alles über den Bereich der Selbsterhaltung hinausgreifende Streben und Wollen bedeute und in diesem Sinne auch angewendet werde. Ich habe mich jüngst in einer umfangreichen Arbeit zu diesen allgemeinen Fragen ausgesprochen – aber unsere Gegner wünschen und dekretieren, unsere Auffassung sei so, wie sie es verstehen, nämlich «grobsexuell». GW 4, 104 f.

*

Man hat der Psychoanalyse vorgeworfen, sie befreie die (glücklicherweise) verdrängten animalischen Triebregungen des Menschen und könne damit unabsehbares Unheil anrichten. Aus dieser Befürchtung geht mit Evidenz hervor, wie wenig man der Wirksamkeit der heutigen Moralprinzipien zutraut. Man gibt sich den Anschein, als ob *nur* die Moral den Menschen von der Zügellosigkeit zurückhalte: ein viel wirksameres Regulativ aber ist die *Not,* welche Wirklichkeitsgrenzen setzt, die viel überzeugender sind als alle Moralgrundsätze. Es ist richtig, daß die Analyse die animalischen Triebe befreit, aber nicht, wie einzelne interpretieren, um sie direkt der zügellosen Wirksamkeit zu überlassen, sondern um sie höheren Verwendungen dienstbar zu machen, soweit dies dem einzelnen Individuum möglich ist und sofern es solche («sublimierte») Verwendung verlangt. Es ist nämlich unter allen Umständen ein Vorteil, im Vollbesitz seiner Persönlichkeit zu sein, denn sonst treten uns die verdrängten Persönlichkeitsanteile nur an andern Stellen hindernd in den Weg, und zwar nicht etwa an unwesentlichen, *sondern gerade an den empfindlichsten Stellen;* dieser Wurm zerstört immer den Kern. [...]

Wenn die Menschen aber dazu erzogen werden, die Schattenseite ihrer eigenen Natur zu sehen, so ist zu hoffen, daß sie auf diesem Wege auch ihre Mitmenschen besser verstehen und lieben lernen. Eine Abnahme der Heuchelei und eine Zunahme der Toleranz gegen sich selbst kann für die Berücksichtigung des Nächsten nur gute Folgen haben, denn nur allzu leicht sind die Menschen geneigt, die Unbilligkeit und Gewaltsamkeit, die sie ihrer eigenen Natur antun, auch auf die Mitmenschen zu übertragen. GW 7, 290 f.

Was ist Sexualität?

Die wissenschaftliche Psychologie war anfänglich entweder physiologische Psychologie oder eine ziemlich unorganische Anhäufung von Untersuchungen und Experimenten über isolierte Tatsachen und Funktionen. Sicherlich war darum *Freuds* zwar einseitige Hypothese doch ein befreiender Vorstoß zu einer Psychologie seelischer Zusammenhänge. Sein Werk ist eigentlich eine Psychologie der Verästelungen des Sexualinstinktes in der menschlichen Seele. Ungeachtet der unleugbaren Wichtigkeit der Sexualität kann man indessen nicht annehmen, daß alles und jedes von diesem Instinkt abhänge. Solch eine Hypothese weitester Verwendbarkeit wirkt am Anfang wie eine optische Täuschung; sie verwischt alles Andersfarbige, und man sieht nur noch rot.

Es ist darum eine bedeutungsvolle Tatsache, daß *Freuds* erster Schüler, *Adler,* eine gänzlich andersartige Hypothese von ebenso weiter Anwendbarkeit aufstellte. Die Freudianer unterlassen es gewöhnlich, *Adlers* Verdienste zu erwähnen, da sie aus ihrer Sexualhypothese einen fanatischen Glauben machen. Aber Fanatismus ist immer Kompensation für geheimen Zweifel. Religiöse Verfolgungen finden nur dort statt, wo es Ketzer gibt. Es gibt im Menschen keinen Instinkt, dem nicht ein anderer Instinkt das Gleichgewicht hält. Die Sexualität wäre im Menschen ganz ungehemmt, wenn es nicht einen ausgleichenden Faktor in der Form eines ebenso wichtigen Instinktes gäbe, der bestimmt ist, einem uneingeschränkten und darum destruktiven Funktionieren des sexuellen Instinktes entgegenzuwirken. Die seelische Struktur ist nicht einpolig. So wie die Sexualität eine den Menschen mit zwingenden Impulsen überflutende Macht ist, so gibt es naturgemäß auch eine Macht der Selbstbehauptung in ihm, die ihm hilft, jeder Art von emotionalen Explosionen zu widerstehen. Man kann dies schon bei den Primitiven sehen, wo es eine große Anzahl von striktesten Einschränkungen nicht nur der Sexualität, sondern auch anderer Instinkte gibt, ohne die Zehn Gebote und ohne die Maximen des Konfirmationsunterrichtes. Jede Einschränkung des blinden Wirkens der sexuellen Instinkte entstammt dem Instinkt der Selbsterhaltung und Selbstbehauptung, den *Adlers* Hypothese praktisch meint. Unglücklicherweise geht *Adler* wiederum zu weit und fällt, indem er *Freuds* Gesichtspunkt fast gänzlich vernachlässigt, in den gleichen Irrtum der Einseitigkeit und Übertreibung. Seine Psychologie ist die Psychologie aller Selbstbehauptungstendenzen. Ich gebe zu, daß eine einseitige Wahrheit den Vorteil der Einfachheit hat, aber ob wir sie als eine zulängliche Hypothese betrachten können, ist eine andere Frage.

GW 17, 97 f.

*

Wir sollten imstande sein, zu sehen, daß vieles in der Seele wirklich von der Sexualität abhängt, zuzeiten sogar alles; aber daß zu anderen Zeiten wenig von ihr abhängt und dann fast alles unter der Herrschaft der Selbsterhaltung oder des Machtinstinktes steht. [...] So können wir *Freud mit Adler* leicht vereinigen, wenn wir uns nur die Mühe nehmen, die Seele nicht als ein starres und unveränderliches System zu betrachten, sondern als ein bewegliches und fließendes Geschehen, das sich, indem es von verschiedenen Instinkten abwechselnd beeinflußt wird, kaleidoskopisch verändert. Auf diese Weise kann es geschehen, daß wir einen Menschen vor der Hochzeit auf der Basis von *Freud* zu erklären haben und nachher auf derjenigen von *Adler*, was der gesunde Menschenverstand schon seit langem getan hat. Eine solche Kombination beläßt uns indessen in einer ziemlich unbehaglichen Situation. Anstatt uns der scheinbaren Sicherheit einer einfachen Wahrheit zu erfreuen, fühlen wir uns in ein unbegrenztes Meer von immerfort wechselnden Bedingungen hinausgeworfen, welche das hilflose Individuum von einer Verdrängung in die andere stoßen. Das ewig wechselnde Leben der Seele ist indessen eine größere, wenn auch unbequemere Wahrheit als die sichere Starrheit des einen Gesichtspunktes. Es macht in der Tat das Problem der Psychologie nicht einfacher. Indessen sind wir befreit vom Alp des «nichts als», dem unvermeidlichen Leitmotiv jeder Einseitigkeit. GW 17, 98 f.

*

Der ursprüngliche *Ganzheitscharakter* der Symbolik schließt alle möglichen menschlichen Interessen und Instinkte ein, wodurch eben die Numinosität des Archetypus gewährleistet ist. Darum begegnet man in der vergleichenden Religionswissenschaft immer wieder der Vergesellschaftung religiös-geistiger Aspekte mit denen der Sexualität, des Hungers, des Kampf- und Machttriebes usw. Eine besonders ergiebige Quelle für religiöse Symbolik bildet jeweils derjenige Trieb, der epochal am meisten in Frage kommt respektive das Individuum am meisten beschäftigt. Es gibt Gesellschaften, in denen der Hunger wichtiger ist als die Sexualität, und umgekehrt. So belästigt uns zum Beispiel die Zivilisation weniger mit Nahrungstabus als mit Sexualbeschränkung. Diese spielt in der modernen Gesellschaft sogar die Rolle einer beleidigten Gottheit, die ihren Anspruch auf allen möglichen Gebieten indirekt durchzusetzen weiß, selbst auf dem der Psychologie, wo sie den Geist auf eine Sexualverdrängung zu reduzieren versucht.

GW 10, 373

*

Mit Ausnahme des religiösen Anliegens fordert nichts den modernen Menschen bewußter und persönlicher heraus als die Sexualität. Man kann aber in guten Treuen auch behaupten, es sei der Machttrieb, der noch in ganz anderem Maße den Menschen in Besitz nähme. Diese Frage wird je nach Temperament und subjektiver Voraussetzung entschieden. Unzweifelhaft ist nur die Tatsache, daß der wichtigste der fundamentalen Triebe, nämlich der *religiöse Ganzheitstrieb*, im heutigen Allgemeinbewußtsein die unscheinbarste Rolle spielt, weil er sich, historisch gesehen, nur höchst mühsam und unter beständigen Rückfällen aus der Vergesellschaftung und Kontamination mit den beiden anderen befreien kann. Während diese sich stets auf ihre jedermann bekannte Alltäglichkeit berufen können, bedarf jener zu seiner Evidenz einer jeweils höher differenzierten Bewußtheit, der Besonnenheit, der Reflexion, der Verantwortung und mehrerer sonstiger Tugenden. Dadurch empfiehlt er sich dem relativ unbewußten naturgetriebenen Menschen ganz und gar nicht, weil dieser, der ihm bekannten Welt verhaftet, sich an das Alltägliche, Sinnenfällige und darum Wahrscheinliche und kollektiv Gültige klammert, dem Motto folgend: «Denken ist schwer, darum urteilen die meisten!» Es scheint ihm als beträchtliche Erleichterung des Daseins, wenn etwas anscheinend Kompliziertes, Ungewöhnliches, Schwerverständliches, das Probleme aufzugeben droht, auf etwas Gewohntes, ja Banales, zurückgeführt werden kann, besonders noch, wenn die Lösung ihm überraschend einfach und zudem witzig vorkommt. [...]

In der Nähe besehen sieht die Sache allerdings erheblich anders aus: die Befreiung von einer schwierigen und vorerst als unlösbar erscheinenden Aufgabe führt die *Sexualität* in eine noch schlimmere, das heißt rationalistische Verdrängung oder in einen die Seele verwüstenden Zynismus, und den *Machttrieb* zwar zunächst in einen sozialistischen Idealismus, der sich aber schon in der halben Welt zum Staatsgefängnis des Kommunismus durchgerungen hat. Damit wird gerade das, was das *Ganzheitsstreben* eigentlich erreichen will, nämlich die Befreiung des Individuums, durch den Zwang der beiden anderen Instinkte ins Gegenteil verkehrt. Die gestellte Aufgabe kommt mit ihren Energien unerledigt zurück und verstärkt die Ansprüche der beiden anderen Triebe – die schon von jeher eine höhere Entwicklung des Menschen verhindert haben – in einem fast pathologischen Grade. Auf alle Fälle hat sie eine für unsere Zeit charakteristische neurotisierende Wirkung und trägt, im Grunde genommen, die Hauptschuld an der Spaltung des Individuums und der Welt überhaupt. Man will ja den *Schatten* nicht wahrhaben, und so weiß die rechte Hand nicht, was die linke tut. GW 10, 373–75

*

Die Sexualität ist ein Grundtrieb, der, wie jedermann weiß, am meisten mit Heimlichkeit und Peinlichkeit umgeben ist, der als Liebe die Ursache der mächtigsten Affektstürme, der stärksten Sehnsüchte, der tiefsten Verzweiflungen, der heimlichsten Sorgen und der peinlichsten Eindrücke sein kann. Die Sexualität ist eine körperlich organisierte und psychisch weitverzweigte wichtige Funktion, auf der die ganze Zukunft der Menschheit ruht. Sie ist also zum mindesten ebenso wichtig wie die

Ernährung, wennschon sie ein Trieb anderer Art ist. Während aber die Ernährungsfunktion in allen Variationen vom einfachen Stück Brot bis zum Zunftessen sich vor aller Augen darf blicken lassen und höchstens einem Magenkatarrh oder der allgemeinen Teuerung zuliebe sich einschränken muß, steht die Sexualität unter einem sittlichen Tabu und hat sich einer Reihe von gesetzlichen Bestimmungen im Sinne der Einschränkung zu unterwerfen. Sie ist nicht, wie die Ernährungsfunktion, dem freien Ermessen des einzelnen anheimgestellt. Es ist infolgedessen begreiflich, daß sich gerade um diese Frage eine Reihe von starken Interessen und Affekten gruppieren, denn in der Regel finden Affekte immer statt an Stellen unvollendeter Anpassung. Überdies ist die Sexualität, wie schon gesagt, ein Grundtrieb des menschlichen Wesens – Anlaß genug für die bekannte *Freudsche* Theorie, welche alles auf Sexualität zurückführt und gerade vom Unbewußten ein Bild entwirft, das es als eine Art Rumpelkammer erscheinen läßt, in welcher alle verdrängten, weil unerlaubten Kinderwünsche sowie alle späteren unerlaubten Sexualwünsche aufgespeichert sind. So unsympathisch eine derartige Auffassung ist, so muß man ihr doch Gerechtigkeit widerfahren lassen. Wenn man geneigt ist zu verstehen, was *Freud* alles in den Begriff der Sexualität hineingeheimnißt, so wird man sehen, daß er die Grenzen dieses Begriffes über alles zulässige Maß hinaus erweitert hat, so daß man für das, was er eigentlich meint, besser «Eros» sagen würde, in Anlehnung an antike philosophische Vorstellungen eines Pan-Eros, der schöpferisch zeugend lebende Natur durchwaltet. Hierfür ist eben «Sexualität» ein sehr unglücklicher Ausdruck. Der Begriff Sexualität ist nun einmal fest geprägt und hat so bestimmte Grenzen, daß auch das Wort Liebe sich weigert, als gleichbedeutend zu gelten. Und doch meint *Freud*, wie an zahlreichen Beispielen aus seinen Schriften leicht nachzuweisen ist, sehr häufig Liebe, wo er bloß von Sexualität spricht.

GW 10, 18 f.

*

Aus dem Gegensatzgemälde, als welches ich die Welt sehe, ergibt sich mir die Idee der psychischen Energie, die ebenso aus Gegensätzen hervorgehen muß wie die Energie des physischen Geschehens, die immer ein Gefälle, das heißt die Existenz von Gegensätzen wie warm – kalt, hoch – tief usw., voraussetzt. Während *Freud* zunächst fast ausschließlich die Sexualität als psychische Triebkraft darstellte und erst nach meiner Sezession anfing, andere Faktoren in Betracht zu ziehen, habe ich alle mehr oder weniger ad hoc konstruierten seelischen Triebe oder Kräfte durch einen Energiebegriff zusammengefaßt, um die sonst fast unvermeidlichen Willkürlichkeiten einer bloßen Kraftpsychologie auszuschalten. Ich spreche daher nicht mehr von Kräften oder Einzeltrieben, sondern von «Wertintensitäten». Damit soll nicht die Wichtigkeit der Sexualität im psychischen Geschehen geleugnet sein, wie *Freud* hartnäckig meint, sondern die Überschwemmung der Seele mit Sexualterminologie soll eingedämmt und die Sexualität selber an ihre richtige Stelle gerückt werden.

Sie ist schließlich – das wird sich der gesunde Menschenverstand nie nehmen lassen – nur *einer* der biologischen Instinkte, nur *eine* der psycho-physiologischen Funktionen, wenn auch eine sehr wichtige und folgenreiche. Aber was geschieht zum Beispiel, wenn wir nicht mehr essen sollten? Zweifellos ist die der Sexualität angehörige psychische Sphäre heutzutage beträchtlich gestört, und wenn ein Zahn nur recht weh tut, so scheint die ganze Seele aus lauter Zahnweh zu bestehen. Die Art von Sexualität, die *Freud* schildert, ist jene unverkennbare sexuelle Obsession, die man überall dort antrifft, wo ein Patient aus einer unpassenden Situation oder Einstellung herausgedrückt oder -gelockt werden sollte, eine Art Aufstauungssexualität, die sofort zu normalen Proportionen zusammenschrumpft, sobald der Weg zur Entfaltung freigegeben ist. Meistens ist es das Steckenbleiben in familiären Ressentiments, in den emotionalen Langweilereien des sogenannten «Familienromans», was zur Aufstauung der Lebensenergie führt, und es ist diese Aufstauung, die sich unvermeidlicherweise in der Form der sogenannten infantilen Sexualität bemerkbar macht. Es handelt sich dabei um eine uneigentliche Sexualität, um einen unnatürlichen Abfluß von Spannungen, die eigentlich auf einem anderen Lebensgebiet zu Hause sind. Was nützt es dann in letzter Linie, in diesem Überschwemmungsgebiet herumzunavigieren? Es ist doch viel wesentlicher – so wenigstens will es einem geradlinigen Verstand scheinen –, Abflußkanäle zu öffnen, das heißt diejenigen Möglichkeiten oder diejenige Einstellung zu finden, welche der Energie das ihr zusagende Gefälle anbieten [...]. GW 4, 389 f.

*

Wer die Instinkte übersieht, der wird von ihnen aus dem Hinterhalt überwältigt. GW 9/I, 359

Kindliche Sexualität

Dem Polymorphismus [Vielgestaltigkeit] der primitiven Triebnatur steht regulierend das *Individuationsprinzip* gegenüber; der Vielheit und widerspruchsvollen Zerrissenheit tritt eine kontraktive Einheit entgegen, deren Macht ebenso groß ist wie die der Triebe. Ja, beide Seiten bilden sogar ein für die Selbstregulierung notwendiges Gegensatzpaar, das schon oft als Natur und Geist gekennzeichnet wurde [...]. Der primitive Geist ist uns, in unmittelbarer Erfahrung, nur gegeben in der Form der noch erinnerbaren Infantilpsyche. Die Eigentümlichkeiten derselben faßt *Freud* als infantile Sexualität auf, mit einem gewissen Recht; denn aus dieser *Keimanlage* geht das spätere, reife Sexualwesen hervor. *Freud* leitet aber aus der infantilen Keimanlage noch allerhand geistige Eigentümlichkeiten ab, so daß es auf solche Weise den Anschein hat, als ob auch der Geist aus einer sexuellen Vorstufe hervorginge und mithin nichts anderes sei als ein Absenker der Sexualität. *Freud* übersieht aber, daß die infantile polyvalente Keimanlage nicht bloß eine eigentümlich perverse Vorstufe einer normalen und reifen Sexualität ist, sondern daß sie eben darum eigentümlich pervers erscheint, weil sie nicht nur Vorstufe zur reifen Sexualität, sondern auch zur geistigen Eigenart des Individuums ist. Aus der infantilen Keimanlage geht der *ganze* spätere Mensch hervor, daher ist die Keimanlage ebensowenig bloße Sexualität wie die Psyche des erwachsenen Menschen. In dieser Keimanlage stecken auch nicht bloß die Anfänge eines erwachsenen Lebens, sondern noch die ganze Erbschaft der Ahnenreihe von unbestimmter Ausdehnung. In dieser Erbschaft sind nicht nur die schon von der Tierstufe her stammenden Instinkte inbegriffen, sondern auch alle jene Differenzierungen, welche vererbbare Spuren hinterlassen haben. So wird eigentlich jedes Kind mit einer ungeheuren *Inkongruenz* geboren; einerseits ein sozusagen tierähnliches, unbewußtes Wesen, anderseits die letzte Verkörperung einer uralten und unendlich komplizierten Erbsumme. Diese Inkongruenz macht die Spannung der Keimanlage aus [...]. GW 8, 62 f.

*

Daß Kinder «inzestuöse» Tendenzen in dem von *Freud* verwendeten weiteren Sinne haben können, unterliegt für mich keinem Zweifel. Ob diese Tendenzen aber ohne weiteres der kindlichen Psychologie sui generis [eigenen Ursprungs] zugeschrieben werden dürfen, ist für mich zweifelhaft. Es bestehen nämlich sehr gute Gründe für die Ansicht, daß die Psyche des Kindes noch im Banne der elterlichen, besonders der mütterlichen Psyche steht, und zwar in einem solchen Maße, daß die Psyche des Kindes zunächst als ein funktionelles Anhängsel an die der Eltern betrachtet werden muß. Die psychische Individualität des Kindes entwickelt sich erst später, nachdem sich eine verläßliche Kontinuität des Bewußtseins hergestellt hat. Daß das Kind zunächst in der dritten Person von sich selber spricht, ist meines Erachtens ein deutlicher Beweis für die Unpersönlichkeit seiner Psychologie.

Ich bin daher geneigt, etwaige inzestuöse Tendenzen des Kindes eher aus der Psychologie der Eltern zu erklären, wie auch jede kindliche Neurose in erster Linie im Licht der elterlichen Psychologie betrachtet werden sollte. So ergibt sich als häufiger Grund für gesteigerte Infantilangst eine besondere «Komplexhaftigkeit» der Eltern, das heißt eine Verdrängung und Nichtbeachtung gewisser vitaler Probleme. Alles, was ins Unbewußte fällt, nimmt mehr oder weniger archaische Formen an. Wenn zum Beispiel die Mutter einen peinlichen und angsterregenden Komplex verdrängt, so empfindet sie ihn wie einen bösen Geist, der sie verfolgt – «a skeleton in the cupboard» [ein Skelett im Geschirrschrank], wie der Engländer sagt. Diese Formulierung zeigt, daß der Komplex bereits eine archetypische Form angenommen hat. Es lastet ein «Alp» auf ihr, ein «Nachtmahr» quält sie. Ob sie nun «Nachtmärchen», das heißt «Angstmärchen», dem Kind erzählt oder nicht, sie steckt das Kind trotzdem an und belebt durch ihre eigene Psychologie archetypische Angstbilder in der Seele des Kindes. Sie hat vielleicht erotische Phantasien über einen anderen Mann. Das Kind ist das sichtbare Zeichen ihrer ehelichen Bindung. Ihr Widerstand gegen die Bindung richtet sich unbewußt gegen das Kind, welches negiert werden soll. Auf der archaischen Stufe entspricht dies dem Kindermord. Auf diese Weise wird die Mutter zur bösen Hexe, welche die Kinder wieder auffrißt.

GW 10, 48

*

Wir haben dank den vereinigten Anstrengungen der psychoanalytischen Schulen erkannt, daß wohl die häufigste Phantasie der Kindheit der sogenannte *Ödipuskomplex* ist. Auch diese Bezeichnung erscheint so unpassend wie möglich. Wir wissen ja, daß das tragische Verhängnis des Ödipus darin bestand, daß er die Mutter freite und den Vater erschlug. Dieser tragische Konflikt des Erwachsenenalters scheint von der Seele des Kindes weit weg zu liegen, und es erscheint darum dem Laien ganz undenkbar, daß gerade das Kind diesen Konflikt haben sollte. Bei einigem Nachdenken wird uns aber klar, daß gerade in der *engen*

Beschränkung des Schicksals des Ödipus auf die beiden Eltern das tertium comparationis [der Vergleichspunkt] liegt. Diese Beschränkung ist für das Kind charakteristisch, für das Schicksal des Erwachsenen sind nicht die Eltern Grenze. Insofern stellt eigentlich Ödipus einen infantilen Konflikt dar, aber in der Vergrößerung des Erwachsenenalters. Die Bezeichnung Ödipuskomplex will natürlich nicht sagen, daß dieser Konflikt in erwachsener Form gedacht sei, sondern in der entsprechenden infantilen Verkleinerung und Abschwächung. Zunächst will es überhaupt nur heißen, daß die kindlichen Liebesansprüche Vater und Mutter gelten, und insofern nun diese Ansprüche schon eine gewisse Intensität erlangt haben, so daß sie mit Eifersucht das erwähnte Objekt verteidigen, kann man von einem Ödipuskomplex reden.

Unter dieser Abschwächung und Verkleinerung des Ödipuskomplexes ist nun nicht etwa eine Verkleinerung der Affektsumme überhaupt zu verstehen, sondern jener für das Kind charakteristische, kleinere Anteil an Sexualaffekt. Dafür haben die kindlichen Affekte jene unbedingte Intensität, die beim Erwachsenen für den Sexualaffekt charakteristisch ist. Der kleine Sohn möchte die Mutter allein besitzen und den Vater weghaben. Wie Sie wissen, können sich kleine Kinder schon bisweilen in der eifersüchtigsten Weise zwischen die Eltern drängen. Im Unbewußten gewinnen diese Wünsche und Absichten eine konkretere und drastischere Form. Die Kinder sind kleine primitive Menschen und daher mit dem Töten gleich zur Hand, um soviel leichter noch ist dieser Gedanke im Unbewußten möglich, das sich sehr drastisch auszudrücken pflegt. Wie das Kind überhaupt in der Regel harmlos ist, ist auch dieser scheinbar gefährliche Wunsch in der Regel harmlos. Ich sage «in der Regel», denn Sie wissen, daß auch Kinder gelegentlich ihren Mordantrieben nicht nur indirekt, sondern auch direkt Raum geben können. Ebensowenig aber wie das Kind planmäßiger Absichten überhaupt fähig ist, so wenig gefährlich ist auch seine Mordabsicht einzuschätzen. Dasselbe gilt von der Ödipusabsicht der Mutter gegenüber. Die leisen Andeutungen dieser Phantasie können im Bewußten leicht übersehen werden, daher gewiß alle Eltern von ihren Kindern überzeugt sind, daß sie den Ödipuskomplex nicht haben. Eltern sind wie Liebhaber meistens verblendet. Wenn ich aber sage, daß der Ödipuskomplex zunächst nur eine Formel sei für das kindliche Begehren gegenüber Vater und Mutter und für den Konflikt, den dieses Begehren hervorruft – wie jedes eigennützige Begehren Konflikte erzeugt –, so dürfte die Sache akzeptabler erscheinen.

GW 4, 177 f.

*

Die Geschichte der Ödipusphantasie ist von besonderem Interesse, da sie uns sehr viel lehrt über die Entwicklung des unbewußten Phantasierens überhaupt. Man denkt natürlich, das Ödipusproblem sei das Problem des Sohnes. Das ist nun merkwürdigerweise eine Täuschung. Die libido sexualis [Sexualenergie] geht unter Umständen erst relativ spät in der Pubertätszeit die endgültige Differenzierung ein, welche dem Geschlecht des Individuums entspricht. Vorher hat die libido sexualis einen geschlechtlich *undifferenzierten Charakter,* den man auch als *bisexuell* bezeichnet. Es ist daher eigentlich nicht erstaunlich, daß auch kleine Mädchen den Ödipuskomplex beherbergen können. Nach allem, was wir bisher wissen, gehört die erste Liebe der Mutter, gleichviel ob das Kind männlichen oder weiblichen Geschlechtes sei. In diesem Stadium wird, wenn die Liebe zur Mutter intensiv ist, der Vater als Konkurrent mit Eifersucht ferngehalten. In diesem frühen Alter hat die Mutter natürlich keinerlei irgendwie nennenswerte Sexualbedeutung für das Kind; insofern ist der Terminus Ödipuskomplex eigentlich unpassend. Zu dieser Zeit hat nämlich die Mutter noch die Bedeutung eines schützenden, umgebenden, ernährenden Wesens, das aus diesen Gründen lustvoll ist. GW 4, 178 f.

Sexualkomplexe

Der Besitz von Komplexen bedeutet an sich keine Neurose, denn Komplexe sind normalerweise Brennpunkte des psychischen Geschehens, deren Schmerzhaftigkeit keine krankhafte Störung beweist. Leiden ist keine Krankheit, sondern der normale Gegenpol des Glücks. Krankhaft wird ein Komplex erst dann, wenn man meint, man hätte ihn nicht. GW 16, 85; Grundwerk 1, 51 f.

*

Die *Komplexfurcht* ist ein schlechter Wegweiser, weil sie immer vom Unbewußten weg und ins Bewußtsein zurückweist. [...] Das Bewußtsein ist stets davon überzeugt, daß Komplexe etwas Ungehöriges und deshalb auf irgendeine Art zu eliminieren seien. [...] man kann es nicht über sich bringen, sie als normale Lebenserscheinung zu betrachten. GW 8, 120; Grundwerk 1, 194 f.

*

Es gibt Eindrücke, die fürs Leben wirken. Bekannt sind ja die dauernden Wirkungen mächtiger religiöser Eindrücke oder erschütternder Ereignisse. Besonders stark pflegen die Wirkungen in der Jugend zu sein. Darauf läuft ja auch die Erziehung hinaus, nämlich dem Kind dauerhafte Komplexe beizubringen. Die Dauerhaftigkeit des Komplexes wird durch einen *beständig lebendigen Gefühlston* garantiert. Erlischt der Gefühlston, so erlischt auch der Komplex. Die anhaltende Existenz eines gefühlsbetonten

Komplexes hat natürlich die gleiche konstellierende [prägende] Wirkung auf die übrige psychische Tätigkeit wie ein akuter Affekt. Was dem Komplex paßt, wird aufgenommen, alles andere wird ausgeschlossen oder mindestens gehemmt.

Die besten Beispiele sehen wir bei religiösen Überzeugungen. Es ist kein Grund so fadenscheinig, daß er nicht vorgebracht wird, wenn er nur *pro* ist, dagegen können auch die stärksten und plausibelsten Argumente *contra* nicht aufkommen; *sie gleitet einfach ab*, denn Gefühlshemmungen sind stärker als alle Logik. Auch bei sonst ganz intelligenten Leuten, die über viel Bildung und Erfahrung verfügen, kann man mitunter eine förmliche Blindheit, eine geradezu systematische Anästhesie beobachten, wenn man sie zum Beispiel vom Determinismus überzeugen will. Wie oft erleben wir es, daß ein einmaliger unangenehmer Eindruck vielen Menschen ein unerschütterlich falsches Urteil beibringt, dem keine noch so scharfe Logik gewachsen ist!

Die Wirkungen des Komplexes erstrecken sich aber nicht bloß auf das Denken, sondern auch auf das Handeln, das er dauernd in ganz bestimmte Richtungen zwingen kann. Wie viele Menschen machen gedankenlos die religiösen Riten und alle möglichen anderen unbegründeten Handlungen mit, obgleich sie intellektuell eigentlich schon längst darüber stehen!

Die Gruppe der chronischen Komplexwirkungen, wo der Gefühlston durch aktuelle Reize beständig unterhalten wird, liefert die besten Beispiele für Komplexkonstellationen. Die stärksten und anhaltendsten Wirkungen zeigen namentlich sexuelle Komplexe, wo der Gefühlston zum Beispiel durch sexuelle Nichtbefriedigung beständig unterhalten wird. GW 3, 49

Wir können uns nun leicht denken, wie die Psyche beeinflußt wird, wenn der Komplex an Intensität zunimmt. Die deutlichsten Beispiele liefern immer die Sexualkomplexe; nehmen wir zum Beispiel den klassischen Zustand der *Verliebtheit. Der Verliebte ist von seinem Komplex besessen:* sein ganzes Interesse hängt nur an diesem Komplex und an Dingen, die dazu passen. Jedes Wort und jeder Gegenstand erinnert ihn an die Geliebte (im Experiment: auch scheinbar ganz indifferente Reizwörter erregen den Komplex). Die nichtigsten Dinge werden wie unschätzbare Kleinodien gehütet, sofern sie Komplexbedeutung haben; die ganze Umgebung überhaupt wird nur sub specie amoris [unter dem Aspekt der Liebe] betrachtet. Was nicht zum Komplex paßt, gleitet ab; alle anderen Interessen sinken auf Null, wodurch ein Stillstand und eine temporäre Verödung der Persönlichkeit eintritt. Nur was zum Komplex paßt, erregt Affekte und wird geistig verarbeitet. Alles Denken und Handeln geht in der Richtung des Komplexes; was nicht in diese Richtung gepreßt werden kann, wird abgelehnt oder mit Oberflächlichkeit, Affektlosigkeit und ohne irgendwelche Sorgfalt getan. Bei der Besorgung gleichgültiger Geschäfte ereignen sich die sonderbarsten Kompromißprodukte; in die Geschäftsbriefe schleichen sich Verschreibungen aus dem Liebeskomplex ein, beim Reden gibt es verdächtige Versprechungen. Die Reihe objektiver Gedanken wird beständig unterbrochen durch *Einbrüche des Komplexes,* es entstehen lange *Gedankenpausen,* die durch Komplexepisoden ausgefüllt sind.

Dieses allbekannte Paradigma zeigt klar den Einfluß eines starken Komplexes auf eine normale Psyche. Wir sehen daraus, wie alle psychische Energie sich ganz dem Komplex zuwendet auf Kosten der übrigen psychischen Materialien, die dadurch unbenützt liegen bleiben. GW 3, 54

Man kann den psychologischen Zustand der Verliebtheit als eine *Komplexbesessenheit* bezeichnen. Außer dieser speziellen Form von Sexualkomplex, die ich aus didaktischen Gründen zum Paradigma der Komplexbesessenheit wählte (sie ist die häufigste und bekannteste Form!), gibt es natürlich noch viele andere Arten von Sexualkomplexen, die ähnlich stark wirken können. Häufig sind bei weiblichen Personen die Komplexe der unerwiderten oder sonst hoffnungslosen Liebe. Hier finden wir meist eine äußerst starke *Komplexempfindlichkeit*. Die leisesten Andeutungen von seiten des anderen Geschlechts werden im Sinne des Komplexes assimiliert und verarbeitet, bei einer völligen Blindheit auch für die gewichtigsten Gegengründe. Eine belanglose Äußerung des Angebeteten wird zu einem mächtigen subjektiven Beweismittel umgeschaffen. Die zufälligen Interessen des ersehnten Mannes werden zum Ausgangspunkt ähnlicher Interessen bei der Liebenden – eine Symptomhandlung, die meist rasch zusammenfällt, wenn die Heirat endlich stattgefunden hat oder wenn der Gegenstand der Anbetung wechselt.

GW 3, 55

*

Die Komplexempfindlichkeit äußert sich auch in einer ungewöhnlichen Empfindsamkeit für sexuelle Reize, die sich besonders in der Form der *Prüderie* äußert. Die Komplexbesessenen gehen in einem jüngeren Alter ostentativ um alles, was irgend an Sexualität erinnern könnte, herum – die bekannte «Unschuld» der erwachsenen Töchter. Sie wissen zwar alles, wo es liegt und was es bedeutet; ihr ganzes Benehmen aber stellt sich so dar, als ob nie eine Ahnung von sexuellen Dingen vorhanden gewesen sei. [...] In etwas vorgerückterem Alter wird die Prüderie oft unerträglich, oder es zeigt sich ein naives symptomatisches

Interesse für allerhand natürliche Situationen, für die man «sich jetzt interessieren darf, da man ja über das Alter hinaus sei, wo man ...» usw. Die Objekte dieses symptomatischen Interesses sind dann Bräute, Schwangerschaften, Geburten, Skandale usw. Besonders für letzteres ist die Findigkeit älterer Damen geradezu sprichwörtlich. Diese Interessen gehen dann unter der Flagge der «objektiven, rein menschlichen Anteilnahme». GW 3, 55 f.

*

Wir haben hier [bei der Prüderie] eine *Verlegung* vor uns: *Der Komplex muß unter allen Umständen sich ausleben.* Da bei vielen der Sexualkomplex sich nicht natürlich ausleben kann, so benützt er *Nebenwege.* Im Pubertätsalter sind es mehr oder weniger abnorme sexuelle Phantasien, häufig alternierend mit religiös-schwärmerischen Phasen (Verlegungen). Bei Männern wird die Sexualität (wenn sie nicht direkt ausgelebt wird) häufig auf eine fieberhafte Berufstätigkeit oder auf einen Spleen (waghalsige Sporte usw.) oder auf sonderbare gelehrte Passionen (Sammelwut usw.) verlegt; bei Frauen auf altruistische Betätigungen, die durch die spezielle Form des Komplexes determiniert sein können. (Man widmet sich der Krankenpflege in Spitälern, wo es junge Assistenten gibt usw.) Oder es entstehen eigentümliche Bizarrerien, ein «sonderbares, geziertes Benehmen», das Distinktion und stolze Resignation ausdrücken soll. Besonders künstlerische Veranlagungen pflegen durch derartige Verlegungen zu gewinnen. Es gibt aber namentlich eine sehr häufige Verlegung, d. h. Verdeckung, des Komplexes durch *Einschaltung einer kontrastierenden Stimmung.* Wir begegnen dieser Erscheinung häufig bei Leuten, die eine chronische quälende Sorge zu verscheuchen haben. Unter diesen finden wir oft die besten Witzemacher, die feinsten Humoristen, deren Scherze mit einem Gran Bitterkeit gewürzt sind. Andere verstecken ihren Schmerz unter einer forcierten, krampfhaften Fröhlichkeit, die aber bei ihrem Geräusch und ihrer *Künstlichkeit* («Affektlosigkeit») keine Gemütlichkeit aufkommen läßt. Die Frauen verraten sich durch eine ausgelassene, aggressive Lustigkeit, die Männer durch unverhältnismäßige, plötzliche Alkohol- und sonstige Exzesse. Bekanntlich können diese Verlegungen und Verdeckungen eigentliche *Doppelnaturen* erzeugen, welche von jeher psychologisch denkende Schriftsteller angeregt haben.

GW 3, 56 f.

*

Der Neurotische hat in sich die Seele eines Kindes, das willkürliche Beschränkungen, deren Sinn es nicht einsieht, schlecht erträgt; er sucht zwar, sich die Moral zu eigen zu machen, gerät aber dadurch in eine tiefe Zerrissenheit und *Uneinigkeit mit sich selbst,* will einerseits sich unterdrücken, andererseits sich befreien – und diesen Kampf nennt man Neurose. Wäre dieser Konflikt in allen Stücken klar bewußt, so würden daraus natürlich nie neurotische Symptome entstehen; solche entstehen nur, wenn man die andere Seite seines Wesens und die Dringlichkeit ihrer Probleme nicht sehen kann. Nur unter dieser Bedingung kommt das Symptom zustande, das dann der nicht anerkannten Seite der Seele zum Ausdruck verhilft. Das Symptom ist somit ein indirekter Ausdruck für nicht anerkannte Wünsche, die, wenn bewußt, in heftigen Widerstreit zu unsern moralischen Anschauungen gerieten. Wie schon gesagt, entzieht sich diese Schattenseite der Seele der bewußten Einsicht, der Kranke kann daher nicht mit ihr verhandeln, sie korrigieren, sich damit abfinden oder darauf verzichten, denn er *besitzt* die unbewußten Triebregungen in Wirklichkeit gar nicht; sie sind vielmehr, verdrängt aus der Hierarchie der bewußten Seele, zu *autonomen Komplexen* geworden, die unter großen Widerständen durch die Analyse des Unbewußten wieder zur Botmäßigkeit gebracht werden können. Es gibt sehr viele Patienten, die sich eben gerade des Umstandes rühmen, daß der erotische Konflikt für sie nicht existiere; sie versichern, die Sexualfrage sei ein Unsinn, denn sie besäßen gar keine Sexualität. Diese Menschen sehen nicht, daß ihnen dafür andere Dinge unbekannter Herkunft im Wege stehen, wie hysterische Launen, Schikanen, die sie sich selbst und ihren Nächsten antun, ein nervöser Magenkatarrh, Schmerzen da und dort, Gereiztheit ohne Grund, und das ganze sonstige Heer nervöser Symptome.

GW 7, 289 f.

*

Obschon ein gewisses Maß an Betätigung der Sexualfunktion aus physiologischen und psychologischen Gründen als unerläßlich gilt, so gibt es dennoch Individuen, welche ohne Einbuße, d. h. ohne pathologische Erscheinungen und ohne irgendwie nachweisbare Einschränkung der Leistungsfähigkeit, ihrer in hohem Maße entraten, während in andern Fällen schon geringfügige Störungen auf diesem Gebiet ganz beträchtliche allgemeine Folgen nach sich ziehen können. [...] Jeder Trieb, jede Funktion kann der anderen sich unterordnen und ihr Gefolgschaft leisten. Der Ich- oder Machttrieb kann sich die Sexualität dienstbar machen. oder die Sexualität benützt das Ich. Das Denken überwuchert alles andere, oder das Fühlen verschluckt das Denken und das Empfinden, alles je nach der Einstellung. GW 6, 462

Man begegnet oft der Meinung, Enthaltung vom Sexualverkehr könnte gesundheitsschädlich sein. Diese Meinung ist ein Irrtum, wenigstens für das studentische Alter. Gesundheitsschädigend wirkt die Enthaltung vom Sexualverkehr meistens erst dann, wenn jenes Alter erreicht ist, wo sich der Mann eine Frau erringen könnte und seiner individuellen Bestimmung nach auch sollte. Die oft außerordentliche Steigerung der sexuellen Bedürfnisse unter dieser besonderen psychologischen Konstellation hat den biologischen Zweck, gewisse Bedenklichkeiten, Vorurteile und Zögerungen gewaltsam aus dem Weg zu räumen, was bisweilen nötig ist; denn der Entschluß zum Heiraten, mit all den zweifelhaften Möglichkeiten drum und dran, hat schon manchen kopfscheu gemacht. Weshalb es nur natürlich ist, daß die Natur ihn über das Hindernis hinwegzustoßen versucht. Widerstand gegen den und Enthaltung vom Sexualverkehr unter solchen Umständen wirkt gewiß schädigend, nicht aber dann, wenn entweder keine physische oder keine psychologische Wahrscheinlichkeit und Notwendigkeit dazu vorhanden ist.

Diese Frage hat eine gewisse Ähnlichkeit mit der Frage der Schädlichkeit der Onanie. Onanie unter den Umständen physischer oder psychischer Unmöglichkeit des Geschlechtsverkehrs und als Notventil wirkt nicht schädlich. Diejenigen jungen Leute, die wegen Onanie mit schädlichen Folgen zum Arzt kommen, sind keineswegs exzessive Onanisten – diese letzteren brauchen in der Regel keinen Arzt, weil sie gar nicht krank sind –, sondern ihre Onanie hat darum schlimme Folgen, weil sie psychisch kompliziert ist und zwar einerseits durch Gewissensbisse, andererseits durch ein Schwelgen in sexuellen Phantasien. Diese zweite Form ist besonders häufig bei Frauen. Eine derart psychisch komplizierte Onanie ist schädlich, nicht aber die gewöhnliche, unkomplizierte Notonanie. Wird aber diese Onanie fortgesetzt bis in jenes Alter, wo physische, psychische und soziale Möglichkeit des Geschlechtsverkehrs eintritt und wo dann die Onanie benützt wird, um den Notwendigkeiten des Lebens und verantwortlichen Entscheidungen auszuweichen, so wirkt sie wiederum schädlich. GW 10, 129

Von Liebe

Die Liebe enthüllt ihre höchsten Geheimnisse und Wunder nur dem, der der unbedingten Hingebung und Treue des Gefühls fähig ist.

GW 10, 132

Geheimnis Liebe

Die Liebe ist immer ein Problem, um welche Altersstufe des Menschen es sich auch immer handeln mag. Für die Stufe der Kindheit ist die Liebe der Eltern das Problem, für den Greis ist es das Problem, was er aus seiner Liebe gemacht hat. *Die Liebe ist eine der großen Schicksalsmächte, die vom Himmel bis in die Hölle reichen.* So ist meines Erachtens die Liebe zu verstehen, wenn man ihrer tatsächlichen Problematik irgendwie gerecht werden will. Ihr Problem ist von ungeheurer Ausdehnung und Verwicklung; es beschränkt sich nicht auf dieses oder jenes Lebensgebiet, sondern es tritt nur unter allen menschlichen Lebensaspekten: Es ist eine ethische, eine soziale, eine psychologische, eine philosophische, eine ästhetische, eine religiöse, eine medizinische, eine juristische, eine physiologische Frage, um nur einmal einige von den Facetten des vielfach schillernden Phänomens zu benennen. Diese Verwicklung der Liebe in alle Lebensformen, insofern sie allgemeine, das heißt kollektive sind, ist aber nur eine geringe Schwierigkeit im Vergleich mit der Tatsache, daß die Liebe auch ein eminent *individuelles Problem* ist. Das aber will heißen, daß unter diesem Aspekt alle allgemeinen Kriterien und Regeln ihre Gültigkeit verlieren, genauso wie in der Frage der religiösen Überzeugung, die zwar im historischen Ablauf der Geschehnisse immer wieder kodifiziert wird, in ihrem Urphänomen aber stets ein individuelles Erlebnis ist, das sich keiner hergebrachten Regel beugt.

GW 10, 115 f.

Der Mensch ist ein höchst sonderbares Experiment der Natur, und gerade in erotischer Hinsicht ist einfach alles möglich.

Briefe I, 336

*

Die Erotik ist eine Fragwürdigkeit und wird es immer sein, was auch irgendeine zukünftige Gesetzgebung dazu zu sagen haben wird. Sie gehört einerseits zu der ursprünglichen Tiernatur des Menschen, welche so lange bestehen wird, als der Mensch einen animalischen Körper hat. Andererseits aber ist sie den höchsten Formen des Geistes verwandt. Sie blüht aber nur, wenn Geist und Trieb im richtigen Einklang stehen. Fehlt ihr der eine oder andere Aspekt, so ist ein Schaden entstanden oder doch wenigstens eine unbalancierte Einseitigkeit, welche leicht ins Krankhafte abgleitet. Zu viel Tier entstellt den Kulturmenschen, zu viel Kultur schafft kranke Tiere. Dieses Dilemma zeigt die ganze Unsicherheit, welche die Erotik für den Menschen bedeutet. Die Erotik ist ein im Grunde genommen Übermächtiges, das sich, wie die Natur, überwältigen und ausnützen läßt, wie wenn es ohnmächtig wäre. Der Triumph über die Natur aber macht sich teuer bezahlt. Die Natur braucht keine prinzipiellen Erklärungen, sondern begnügt sich mit Duldung und weisem Maß.

»Der Eros ist ein großer Dämon«, wie die weise Diotima zu *Sokrates* sagt. Man wird mit ihm nie ganz fertig, oder man wird nur zum eigenen Schaden mit ihm fertig.

GW 7, 29 f.

*

Wo die Liebe herrscht, da gibt es keinen Machtwillen, und wo die Macht den Vorrang hat, da fehlt die Liebe.

GW 7, 58

Keine geringe Erschwerung für eine Diskussion ist auch das Wort *Liebe* selber. Was nennt man nicht alles «Liebe«! Angefangen mit dem höchsten Geheimnis der christlichen Religion, begegnen wir auf nächsttieferer Stufe dem «amor Dei» [Liebe zu Gott] des *Origenes,* dem «amor intellectualis Dei» des *Spinoza,* der «Liebe der Idee» des *Plato,* der «Gottesminne» der Mystiker; in die Sphäre des Menschlichen treten wir ein mit *Goethes* Wort:

Entschlafen sind nun wilde Triebe
Mit jedem ungestümen Tun,
Es reget sich die Menschenliebe,
Die Liebe Gottes regt sich nun.

[Faust 1, Studierstube] GW 10, 116

*

Hier treffen wir die *Nächstenliebe* an in ihrer christlichen sowohl wie buddhistischen Mitleidensfärbung, die Philanthropie, die soziale Fürsorge; daneben die *Vaterlandsliebe* und die Liebe zu sonstigen idealen Institutionen, wie Kirche usw. Daran reiht sich die Elternliebe, vor allem die *Mutterliebe,* dann die *Kindesliebe.*

Mit der *Liebe der Gatten* verlassen wir das Gebiet des Geistes und treten ein in jene Zwischensphäre, die sich zwischen Geist und Instinkt erstreckt, wo einerseits die reine Flamme des Eros sich zur Glut der Geschlechtlichkeit entfacht, andererseits ideale Liebesformen, wie Elternliebe, Vaterlandsliebe, Nächstenliebe, sich mit der Gier nach persönlicher *Macht,* mit dem Besitzen- und Beherrschenwollen, vermengen. Damit soll aber nicht gesagt sein, daß jede Berührung mit der Sphäre des Instinktes notwendigerweise eine Erniedrigung bedeute. Im Gegenteil: die Schönheit und Wahrheit der Liebeskraft wird sich um so vollkommener erweisen, je mehr Instinkt sie in sich fassen kann. Je mehr aber der Instinkt die Liebe überwuchert, desto mehr kommt das Tier zum Vorschein. [...] Die *Liebe der Verliebten* greift noch tiefer. Die Weihe des Verlöbnisses, der Gelobung gemeinsamen Lebens, fehlt, dafür kann jene andere Schönheit des Schicksalsmäßigen, des Tragischen, diese Liebe verklären. In der Regel aber überwiegt der Instinkt mit seiner dunkeln Glut oder seinem flackernden Strohfeuer.

Das Wort Liebe hat aber auch hier noch nicht seine Grenzen gefunden. Man spricht von «Liebe» und meint damit den Geschlechtsakt auf allen Stufen: vom standesamtlich genehmigten ehelichen Beischlaf bis zu dem physiologischen Entleerungsbedürfnis, das den Mann zur Prostituierten treibt, und dem bloßen Geschäft, das diese aus der Liebe macht oder zu machen gezwungen ist.

Man spricht auch von *Knabenliebe,* womit man die Homosexualität meint, die seit der klassischen Zeit Griechenlands allerdings den Schimmer einer sozialen und erzieherischen Institution eingebüßt hat und nur noch als sogenannte Perversität ein kümmerliches und angstbedrohtes Dasein fristet, soweit sie Männer betrifft. [...]

Das Wort Liebe muß schließlich noch herhalten, um alle *Perversionen der Sexualität* zu decken. GW 10, 116 f.

*

Die «Liebe» erweist sich empirisch als die Schicksalskraft par excellence, ob sie nun als niedere concupiscentia [Begierde] oder als geistigste Affektion erscheint. Sie ist einer der mächtigsten Beweger der menschlichen Dinge. Wenn sie als «göttlich» aufgefaßt wird, so kommt ihr diese Bezeichnung mit Fug und Recht zu, denn das schlechthin Mächtigste in der Psyche wurde von jeher als «Gott» bezeichnet. Ob man an Gott glaubt oder nicht, ob man bewundert oder flucht, immer drängt sich das Wort «Gott» auf die Zunge. Immer und überall heißt das psychisch Mächtige etwas wie «Gott». Dabei wird «Gott» immer den Menschen gegenübergestellt und ausdrücklich von diesem unterschieden. Die Liebe ist allerdings beiden gemeinsam. Dem Menschen eignet sie, insofern er ihrer mächtig ist, dem *daímon* aber, insofern der Mensch ihr Objekt oder ihr Opfer ist. Psychologisch aufgefaßt will das heißen, daß die Libido als Kraft des Begehrens und Strebens, im weitesten Sinne als psychische Energie, dem Ich zum Teil zur Disposition steht, zum Teil aber sich ihm gegenüber autonom verhält und letzteres [das Ich] gegebenenfalls dermaßen bestimmt, daß es entweder in eine unfreiwillige Notlage versetzt wird, oder daß sie demselben eine unerwartete zusätzliche Kraftquelle erschließt. Da die Beziehung des Unbewußten zum Bewußtsein keineswegs bloß mechanisch beziehungsweise komplementär, sondern vielmehr kompensatorisch und auf die Einseitigkeiten der bewußten Einstellung abgestimmt ist, so läßt sich der intelligente Charakter der unbewußten Tätigkeit nicht leugnen. Diese Erfahrungen machen es unmittelbar verständlich, daß das Gottesbild als ein persönliches Wesen angesehen wurde.

Da nun *geistige Bestimmung* im weitesten Sinn und in zunehmendem Maß dem Menschen in letzter Hinsicht vom Unbewußten her aufgedrängt wurde, so ergab sich aus dieser Erfahrung natürlicherweise die Auffassung, daß das Gottesbild ein Geist sei und den Geist wolle. Das ist keine Erfindung, weder des Christentums noch der Philosophen, sondern eine allgemein menschliche Urerfahrung, welche auch der Atheist bewahrheitet. (In diesem Fall handelt es sich bloß darum, wovon man spricht, und nicht darum, ob man ja oder nein dazu sagt.) Die andere Definition Gottes lautet daher: «Gott ist Geist» (Joh 4, 24). Das pneumatische Gottesbild hat noch die besondere Zuspitzung zum

Logos erfahren, was der «Liebe», die von Gott ausgeht, einen besonderen Charakter verliehen hat, nämlich den der Abstraktion, wie er dem Begriff der «christlichen Liebe» eignet. Es ist diese «geistige Liebe», [...] die die Gemeinschaft der Menschen binden soll [...].

GW 5, 90 f.; Grundwerk 7, 72 f.

*

Es ist selbstverständlich, daß Christus die Menschen mit «göttlicher» Liebe «angenommen» hat; infolgedessen soll nicht nur, sondern *kann* auch die Liebe der Menschen unter sich einen «geistigen» oder «göttlichen» Charakter haben [...]. Das ist so selbstverständlich nicht, insofern psychologisch die Energie eines Archetypus in der Regel dem Bewußtsein nicht zur Verfügung steht. Daher gelten auch mit Recht die menschlichen Formen der Liebe nicht als «geistig» oder gar «göttlich». Die Energie des Archetypus teilt sich dem menschlichen Ich nur dann mit, wenn dieses durch eine autonome Aktion des Archetypus beeinflußt oder ergriffen ist. Man müßte darum aus dieser psychologischen Erfahrung schließen, daß der Mensch, der eine geistige Liebe ausübt, allbereits von einer solchen im Wege eines donum gratiae [Geschenk der Gnade] ergriffen sei, denn es wäre kaum zu erwarten, daß er aus eigenen Mitteln vermöchte, ein göttliches Handeln, wie es eine derartige Liebe ist, zu usurpieren. Er ist aber eben vermöge des donum amoris [Geschenk der Liebe] imstande, in diesem Sinne an Gottes Stelle zu treten. Man kann in der Tat psychologisch feststellen, daß ein Archetypus fähig ist, das Ich zu ergreifen und es sogar zu zwingen, in seinem (das heißt des Archetypus) Sinn zu handeln. Der Mensch kann in archetypischer Gestalt erscheinen und dementsprechende Wirkungen ausüben; er kann gewissermaßen an Stelle Gottes treten, weshalb es nicht nur möglich, sondern auch sinnvoll ist, wenn sich andere Menschen auf ihn so beziehen, wie sie sich andererseits auf Gott beziehen. GW 5, 91 f.; Grundwerk 7, 73 f.

*

Die Liebe hat mehr als eines gemein mit der religiösen Überzeugung: Sie verlangt eine unbedingte Einstellung, sie erwartet völlige Hingebung. Und wie nur *der* Gläubige, der sich seinem Gott ganz ergibt, der Erscheinung der göttlichen Gnade teilhaft wird, so enthüllt auch die Liebe ihre höchsten Geheimnisse und Wunder nur dem, der der unbedingten Hingebung und Treue des Gefühls fähig ist. Weil diese Leistung so schwierig ist, können sich wohl nur sehr wenige der sterblichen Menschen rühmen, sie auch vollbracht zu haben. Gerade aber weil die am meisten hingebende und die treueste Liebe auch die schönste ist, sollte man nie suchen, was die Liebe leicht machen könnte.

GW 10, 132

Vergeistigung und ihre Folgen

Das *Hohe Lied* [im Alten Testament] ist, wie bekannt, eigentlich ein profanes Liebesgedicht, vielleicht ein Hochzeitslied, dem sogar jüdische Gelehrte noch sehr spät die kanonische Anerkennung versagt haben. Die mystische Deutung liebte es aber, die Braut als Israel und den Bräutigam als Jahve aufzufassen, und zwar aus einem richtigen Instinkt, nämlich um auch das erotische Gefühl in das Gottesverhältnis des ganzen Volkes überzuführen. Aus demselben Grund hat sich auch das Christentum des *Hohen Liedes* bemächtigt, um den Bräutigam als Christus und die Braut als Kirche aufzufassen. Der Psychologie des Mittelalters lag diese Analogie außerordentlich und ermutigte die ganz unverblümte Jesusminne der damaligen Mystik, wovon *Mechthild von Magdeburg* eines der besten Beispiele ist. Aus diesem Geiste ist die Lauretanische Litanei hervorgegangen. Sie lehnt sich in gewissen Attributen der Jungfrau an das *Hohe Lied* an. [...] Ein in den mittelalterlichen Marienhymnen vielgebrauchtes Bild ist der «verschlossene Garten» aus dem *Hohen Lied* 4,12 und der «versiegelte Brunnen». Die im *Hohen Lied* unverkennbar erotische Natur dieser Gleichnisse wird von den [Kirchen-] Vätern ausdrücklich als solche angenommen.

GW 6, 248

*

Das offizielle Christentum hat nun wiederum die in der Psychologie des [mittelalterlichen] Frauendienstes [Minnedienstes] sich kundgebenden gnostischen Elemente aufgesogen und in einer gesteigerten Marienverehrung untergebracht. Ich habe die *Lauretanische Litanei* als ein bekanntes Beispiel dieses Assimilationsprozesses aus einer sehr großen Anzahl von anderen ebenso interessanten Materialien ausgewählt. Mit dieser Assimilation an das allgemeine christliche Symbol ging zunächst die im Frauendienst sich entwickelnde Knospe einer seelischen Kultur des Mannes verloren. Seine Seele, die sich im Bild der selbstgewählten Herrin ausdrückte, verlor den individuellen Ausdruck durch ihren Übergang in das allgemeine Symbol. Dadurch verlor sie auch die Möglichkeit einer individuellen Differenzierung, sie wurde verdrängt durch einen Kollektivausdruck. Derartige Verluste pflegen immer schlimme Folgen zu haben, die sich auch in diesem Fall bald geltend machten. Indem nämlich die seelische Beziehung zur Frau sich durch die kollektive Marienverehrung ausdrückte, ging dem Bild der Frau ein Wert verloren, auf den aber das menschliche Wesen einen gewissen natürlichen Anspruch hat. Dieser Wert, der nur in der individuellen Wahl seinen natürlichen Ausdruck findet, verfällt, wenn der individuelle durch einen kollektiven Ausdruck ersetzt wird, dem Unbewußten. Im Unbewußten erhält nun das Bild der Frau eine Besetzung, welche infantil-archaische Dominanten belebt. Die relative Entwertung der realen Frau kompensiert sich damit durch dämonische Züge, indem alle unbewußten Inhalte, insofern sie durch abgespaltene Libidobeträge aktiviert sind, projiziert am Objekt auftreten. Die relative Entwertung der Frau bedeutet: der Mann liebt sie in einem gewissen Sinne weniger, dafür tritt die Frau als Verfolgerin auf, d. h. als Hexe. Auf diese Weise entwickelte sich mit und infolge der gesteigerten Marienverehrung der Hexenwahn, dieser unauslöschliche Schandfleck des späteren Mittelalters. Dies war aber nicht die einzige Folge. Durch die Abspaltung und Verdrängung einer wichtigen progressiven Tendenz entstand überhaupt eine gewisse Aktivierung des Unbewußten. Und diese Aktivierung konnte im allgemeinen christlichen Symbol keinen genügenden Ausdruck finden, denn der adäquate Ausdruck bestünde zunächst in individuellen Ausdrucksformen. Dieser Umstand aber bereitete den Boden für Häresien und Schismen vor. Dagegen mußte sich das christlich orientierte Bewußtsein mit Fanatismus wehren. Der Wahn der Inquisitionsgreuel war überkompensierter Zweifel, der sich vom Unbewußten her aufdrängte und der schließlich eines der größten Schismen der Kirche hervorrief, die Reformation.

GW 6, 253 f.

*

Wir können nur konstatieren, daß infolge allgemeinerer Verbreitung naturwissenschaftlicher Kenntnisse sowohl wie naturwissenschaftlicher Denkweise eine Veränderung in der Auffassung der Liebesprobleme stattgefunden hat. Vor allen Dingen vermochte die naturwissenschaftliche Objektivität die durch das Tabu der Superiorität geheiligte Idee des Menschen der Idee eines Naturwesens überhaupt anzunähern und den Menschen als species Homo sapiens dem natürlichen System anzugliedern. Die Veränderung hat nicht nur einen intellektuellen, sondern auch einen gefühlsmäßigen Aspekt. Eine solche Ansicht wirkt auf das Gefühl des einzelnen. Er fühlt sich nämlich herausgelöst aus jener Abschließung in einer metaphysischen Bestimmung mit ihren moralischen Kategorien, wie sie für das mittelalterliche Weltbewußtsein charakteristisch war. Mit dieser Herauslösung fallen auch jene Tabus weg, welche die Abschließung gegenüber der Natur bewirkt hatten, nämlich die moralischen Bewertungen, die ihre Wurzel letzten Endes noch stets in der jeweiligen religiösen Metaphysik hatten. Innerhalb des traditionellen moralischen Systems weiß jedermann genau, warum die Ehe «richtig» und jede andere Liebesform verdammenswert ist; außerhalb des Systems aber, auf dem weiten Spiel- und Kampfplatz der natürlichen Erde, wo der Mensch sich als das genialste Mitglied der großen Tierfamilie fühlt, wo er vielleicht jene mittelalterliche Verachtung und Entseelung des Tieres schon wieder vergessen hat, muß er sich zuerst neu orientieren. Der Verlust der alten Wertmaßstäbe bedeutet zunächst soviel wie moralisches Chaos: man zweifelt an den bisherigen Formen, man beginnt über die Dinge zu diskutieren, die bisher unter der Decke eines moralischen Vorurteils gehalten wurden, man forscht auch ungescheuter nach den wirklichen Tatsachen, man hat ein unabweisbares Bedürfnis, sich am Erfahrungsstoff zu klären, man will wissen und erkennen. Die Augen der Wissenschaft sind furchtbar und klar, sie scheuen sich nicht, in moralische Dunkelheiten und schmutzige Hintergründe zu blicken. Der Mensch von heutzutage kann sich mit keinem traditionellen Urteil mehr begnügen, er will wissen, warum. Dieses Forschen führt ihn zu neuen Wertmaßstäben. GW 10, 120

*

[Auch] der Übergang vom Morgen zum Nachmittag [des Lebens] ist eine *Umwertung früherer Werte*. Die Notwendigkeit drängt sich auf, den Wert des Gegenteils der früheren Ideale einzusehen, den Irrtum in der bisherigen Überzeugung wahrzunehmen, die Unwahrheit in der bisherigen Wahrheit zu erkennen und zu fühlen, wieviel Widerstand und sogar Feindschaft in dem lag, was uns bisher als *Liebe* galt. Nicht wenige, die in die Konflikte des Gegensatzproblems hineingeraten sind, werfen alles, was ihnen früher für gut und erstrebenswert galt, über Bord und versuchen, im Gegensatz zu ihrem früheren Ich weiterzuleben. Berufsänderungen, Scheidungen, religiöse Wandlungen, Apostasien aller Art sind die Symptome dieses Hinüberschwingens ins Gegenteil. Der Nachteil der radikalen Konversion ins Gegenteil ist die Tatsache, daß das frühere Leben in Verdrängung gerät und damit ein ebenso unbalancierter Zustand hervorgebracht wird, wie er früher bestand, als die Gegenstücke der bewußten Tugenden und Werte noch unterdrückt und unbewußt waren. Wie früher vielleicht neurotische Störungen bestanden infolge der Unbewußtheit gegensätzlicher Phantasien, so entstehen jetzt wiederum Störungen durch die Verdrängung früherer Idole. Es ist natürlich ein Grundirrtum zu glauben, wenn wir den Unwert in einem Wert oder die Unwahrheit in einer Wahrheit einsehen, daß dann der Wert oder die Wahrheit aufgehoben sei. Sie sind nur relativ geworden. *Alles Menschliche ist relativ, weil alles auf innerer Gegensätzlichkeit beruht, denn alles ist energetisches Phänomen.* Energie aber beruht notwendigerweise auf einem vorausgehenden Gegensatz, ohne welchen es gar keine Energie geben kann. Immer muß Hoch und Tief, Heiß und Kalt usw. vorhanden sein, damit der Ausgleichungsprozeß, welcher eben Energie ist, stattfinden kann. Die Neigung daher, alle früheren Werte zugunsten ihres Gegenteils zu leugnen, ist ebenso übertrieben wie die frühere Einseitigkeit. Insofern es sich aber um allgemein anerkannte und unzweifelhafte Werte handelt, die nunmehr weggeworfen werden, ist ein fataler Verlust eingetreten. Wer so handelt, wirft mit seinen Werten auch sich selber über Bord, wie dies *Nietzsche* schon gesagt hat.

GW 7, 81 f.

Formen der Liebe

Die platonische Beziehung der Geschlechter im studentischen Alter ist eine wichtige Sache. Ihre häufigste Erscheinungsform ist der *Flirt*. Er beruht auf einer experimentellen Einstellung, welche diesem Alter durchaus ansteht. Er ist gewollt und unter allseitigem, stillschweigendem Einverständnis *verpflichtungslos*. Das ist sein Vorteil und zugleich sein Nachteil. Die experimentelle Einstellung ermöglicht ein gegenseitiges Sich-kennen-Lernen ohne unmittelbare fatale Folgen. Beide Geschlechter üben ihr Urteil und ihre Geschicklichkeit in gegenseitiger Expression, Anpassung und Abwehr. Unendlich viele, für das spätere Leben ungemein wertvolle Erfahrungen können im Flirt gesammelt werden. Die Verpflichtungslosigkeit dagegen verleitet gerne dazu, ein habitueller Flirt und damit seicht, oberflächlich und herzlos zu werden. Der Mann wird zum Salonlöwen und Herzenbrecher und ahnt nicht, was für eine fade Figur er darstellt. Die Frau wird zur coquette, die ein ernsthafter Mann schon instinktiv nicht ernst nimmt. GW 10, 129 f.

*

Eine vielleicht nicht ganz so häufige Erscheinung wie der Flirt ist [im Studentenalter] die Entstehung und die bewußte Pflege einer *ernsthaften Liebe*. Man könnte dieses Phänomen als den Idealfall schlechthin bezeichnen, ohne damit in die traditionelle Romantik zu verfallen. Für die Gestaltung der Persönlichkeit ist das frühzeitige Erwachen und die bewußte Kultur eines tiefen, ernsthaften und verantwortlichen Gefühls von unzweifelhaft höchstem Wert in jeder Hinsicht. Eine solche Beziehung kann für den jungen Mann der wirksamste Schild gegen alle Abwege und Versuchungen, gegen alle physischen und psychischen Schädigungen und ihm außerdem ein mächtiger Ansporn zu Fleiß, Tüchtigkeit, Treue und Zuverlässigkeit sein. Es ist aber kein Wert so groß, daß er nicht auch seinen Nachteil hätte. Eine so ideale Beziehung wird leicht ausschließlich. Man hat nur immer dasselbe Objekt und dasselbe Ziel vor Augen. Der junge Mann ist durch seine Liebe zu sehr von der Bekanntschaft mit anderen Frauen abgeschnitten, und das Mädchen lernt die Kunst der erotischen Gewinnung nicht, da sie ihren Mann ja bereits besitzt. Und der Besitzinstinkt der Frau ist eine gefährliche Sache. Leicht kann es dem Mann passieren, daß er all die Erfahrungen mit anderen Frauen, die er vor der Heirat nicht machte, nachher noch nachholt.

Man darf aus dem Ebengesagten nicht schließen, daß jede Liebesbeziehung dieser Art nun auch jedesmal etwas Ideales sei. Es gibt Fälle, die gerade das Gegenteil sind. Das sind nämlich jene Fälle, beim Mann sowohl wie bei der Frau, wo ein sogenannter *Schulschatz,* beispielsweise aus irgendwelchen, meist gar nicht einleuchtenden Gründen, gewohnheitsmäßig mitgeschleppt wird. Man kommt aus Trägheit, Temperamentlosigkeit, Unbeholfenheit einfach nicht recht los voneinander, vielleicht finden auch die beidseitigen Eltern die Beziehung ganz passend, und wie sie aus Gedankenlosigkeit und Gewohnheit entstanden ist, so wird sie passiv als fait accompli hingenommen, der einfach andauert. Hier häufen sich die Nachteile, ohne einen einzigen Vorteil. Der scheinbare Vorteil ist eine für die Gestaltung der Persönlichkeit im Gegenteil unheilvolle Bequemlichkeit und Passivität, welche das Zustandekommen wertvoller Erfahrungen und die Übung männlicher und weiblicher Gaben und Tugenden geradezu hintertreibt. Moralische Qualitäten werden nur in der Freiheit erworben und bewähren sich nur in sittlich gefahrvollen Situationen. Der Dieb, der nicht stiehlt, weil er im Gefängnis sitzt, ist keine moralische Persönlichkeit. Die Eltern solcher Kinder mögen ja gerührt und augenzwinkernd zusehen und die Respektabilität ihrer Nachkommenschaft auf das Konto ihrer eigenen Tugendhaftigkeit buchen, aber dieser Vorteil ist nichts als ein Truggebilde; keine moralische Stärke, sondern unmoralische Verschlafenheit.

GW 10, 130 f.

*

Man kann das Liebesproblem heutzutage nicht diskutieren, ohne auch von der *Utopie der freien Liebe* zu reden, einschließlich der *Probeehe*. Um es gleich vorwegzunehmen, diese Ideen betrachte ich als Wunschgebilde und als Versuche, etwas, was tatsächlich und unabänderlich schwer ist, leicht zu machen. Unsere Zeit ist ja reich an solchen Versuchen, gab es doch mehr als hunderttausend Schweizer Bürger, die sich einbilden, es wäre mit der Verteilung des Vermögens getan, wo doch jedermann weiß, daß nur die Initiative, die Gewissenhaftigkeit und die Verantwortlichkeit des einzelnen das Volk am Leben hält. So wie kein Kraut gegen den Tod gewachsen ist, so gibt es keine einfachen Mittel, eine schwere Sache, wie sie das Leben nun einmal ist, leicht zu machen. Wir können die Schwerkraft nur aufheben durch ein entsprechendes Maß an Energieaufwendung. So fordert auch die Lösung des Liebesproblems jeweils den ganzen Menschen in die Schranken. Befriedigende Lösungen gibt es nur, wo ein Ganzes geleistet wird. Alles andere ist Stückwerk und untauglich. Freie Liebe wäre nur denkbar, wenn alle Menschen moralische Höchstleistungen vollbrächten. Die Idee der freien Liebe ist aber nicht zu diesem Zweck erfunden, sondern um etwas Schweres leicht erscheinen zu lassen. Zur Liebe gehört die Tiefe und die Treue des Gefühls, ohne welche die Liebe nicht Liebe, sondern bloß Laune ist. Die wahre Liebe wird immer dauernde, verantwortliche Verbindungen eingehen. Sie braucht die Freiheit nur zur Wahl, nicht aber zur Durchführung. Jede wahre, tiefe Liebe ist ein Opfer. Man opfert seine Möglichkeiten oder sagen wir besser, die Illusion seiner Möglichkeiten. Bedarf es dieses Opfers nicht, so werden unsere Illusionen das Zustandekommen des tiefen und verantwortlichen Gefühls verhindern, wodurch uns aber auch die Möglichkeit der Erfahrung der wahren Liebe entzogen ist. GW 10, 131 f.

*

So muß ich auch die Probeehe kritisieren. Die Tatsache schon, daß man eine Ehe auf Probe eingeht, bedeutet, daß man sich reserviert, man will sich sichern, sich die Finger nicht verbrennen, nichts riskieren. Damit verhindert man aber aufs allerwirksamste das Zustandekommen einer wirklichen Erfahrung. Man erfährt die Schrecken des Polareises nicht, wenn man eine Reisebeschreibung liest, auch besteigt man nicht den Himalaja im Kino.

Die Liebe ist keine billige Sache, auch sollen wir uns hüten, sie billig zu machen. Unsere schlechten Eigenschaften, unser Egoismus, unsere Feigheit, unsere sogenannte Weltklugheit, unser Geiz, wollen alle uns überreden, die Liebe nicht ernst zu nehmen. Die Liebe belohnt uns aber wirklich nur dann, wenn wir sie ernst nehmen. Ich betrachte es auch als ein Unglück, daß man heutzutage von einer Sexualfrage spricht, abgetrennt von der Liebe. Die beiden Fragen sollten nicht getrennt werden, denn wenn es etwas gibt wie eine Sexualfrage, so kann sie nur durch die Liebe gelöst werden. Jede andere Lösung wäre ein schädliches Surrogat. Die Sexualität, als Sexualität erledigt, ist tierisch. Als Ausdruck der Liebe aber ist die Sexualität geheiligt. Fragen Sie darum nie, *was* einer tut, sondern *wie* er es tut. Tut er es aus Liebe und im Geiste der Liebe, so dient er einem Gott, und was er auch immer tun mag, so ist es nicht unsere Sache, es zu beurteilen, denn es ist geadelt.

GW 10, 132 f.

*

Der überwältigende Einfluß kollektiver Gemütserregungen dringt in alles und jegliches ein. Wenn es möglich wäre, würde *alles* gemeinsam erledigt, denn die Widerstandskraft gegenüber kollektiven Einflüssen scheint erstaunlich gering. Es stimmt zwar, daß eine gemeinsame Aktion stets weniger mühsam ist als ein individueller Versuch. Die Triebkraft des Kollektivunternehmens führt viel weiter als sogar geballte individuelle Anstrengung, da es die Menschen über sich selbst hinwegsehen und für Wagnisse achtlos werden läßt. Auf der anderen Seite geht sie leicht zu weit und führt Leute in Situationen, die persönliche Überlegung sich kaum je ausgesucht hätte. Sie wirkt sich auf die Psychologie des Menschen entschieden verflachend aus.

Man erlebt das vor allem am amerikanischen Sexproblem, so wie es sich seit dem Krieg entwickelt hat. Da läßt sich eine unverkennbare Neigung zu Promiskuität feststellen, die nicht nur in der Häufigkeit von Scheidungen zutage tritt, sondern ganz besonders in der auffallenden Befreiung von sexuellen Vorurteilen innerhalb der jüngeren Generation. Als unvermeidliche Folge davon wird die persönliche Beziehung zwischen den Geschlechtern darunter leiden. Ein leichter Zugang fordert die Werte des Charakters nie heraus und entfaltet sie daher auch nicht, und zugleich stellt er ein ernstzunehmendes Hindernis für jedes tiefere gegenseitige Verständnis dar. Ein solches Verständnis, ohne das echte Liebe undenkbar ist, läßt sich nur durch Überwindung all jener Schwierigkeiten erreichen, welche die psychologische Verschiedenheit der Geschlechter bereitet. Promiskuität setzt alle diese Bemühungen durch ein Angebot günstiger Ausweichmöglichkeiten außer Kraft. Persönliche Beziehung wird ganz überflüssig. Je mehr jedoch die sogenannte vorurteilslose Freiheit und wohlfeile Promiskuität überhandnehmen, desto mehr verflacht die Liebe und entartet in flüchtige sexuelle Zwischenspiele. Die jüngsten Entwicklungen auf dem Gebiet sexueller Moral laufen auf sexuelle Primitivität hinaus, vergleichbar der Unbeständigkeit der moralischen Sitten von Naturvölkern, wo unter dem Einfluß kollektiver Erregung alle Sex-Tabus mit einem Schlag verschwinden. GW 10, 551 f.

Mutter- und Vaterkomplex

Der Archetypus der Mutter bildet die Grundlage des sogenannten Mutterkomplexes. Es ist eine offene Frage, ob ein solcher ohne nachweisbare kausale Mitbeteiligung der Mutter überhaupt zustande kommt. Nach meiner Erfahrung scheint es mir, als ob die Mutter stets, das heißt insbesondere bei infantilen Neurosen oder bei solchen, die unzweifelhaft ätiologisch in die frühe Kindheit zurückreichen, aktiv bei der Verursachung der Störung dabei sei. In jedem Fall aber ist die Instinktsphäre des Kindes gestört, und damit sind Archetypen konstelliert, welche als ein fremdes und oft angsterregendes Element zwischen Kind und Mutter treten. Wenn zum Beispiel die Kinder einer überbesorgten Mutter regelmäßig von dieser als einem bösen Tier oder als einer Hexe träumen, so setzt ein solches Erlebnis eine Spaltung in der kindlichen Seele und damit die Möglichkeit der Neurose. GW 9/I, 99; Grundwerk 2, 151

*

Die Wirkungen des Mutterkomplexes sind verschieden, je nachdem es sich um Sohn oder Tochter handelt. Typische Wirkungen auf den *Sohn* sind die Homosexualität und der Don Juanismus, gelegentlich auch die Impotenz. (Hier spielt aber auch der Vaterkomplex eine erhebliche Rolle.)

In der Homosexualität haftet die heterosexuelle Komponente in unbewußter Form an der Mutter, im Don Juanismus wird unbewußterweise die Mutter «in jedem Weib» gesucht. [...] Beim Sohn ist der Mutterkomplex insofern nicht rein, als eine Ungleichheit des Geschlechtes vorliegt. Diese Verschiedenheit ist der Grund, warum in jedem männlichen Mutterkomplex neben dem Mutterarchetypus der des sexuellen Partners, nämlich der Anima [des weiblichen Anteils im Mann] eine bedeutsame Rolle spielt. Die Mutter ist das erste weibliche Wesen, das dem zukünftigen Mann begegnet und laut oder leise, grob oder zart, bewußt oder unbewußt, nicht umhin kann, stets auf die Männlichkeit des Sohnes anzuspielen; wie auch der Sohn in zunehmendem Maße der Weiblichkeit der Mutter inne wird oder, unbewußterweise wenigstens, instinktiv darauf antwortet. So werden beim Sohn die einfachen Beziehungen der Identität oder des sich unterscheidenden Widerstandes beständig durchkreuzt von den Faktoren der erotischen Anziehung und Abstoßung. Dadurch wird das Bild erheblich kompliziert.

GW 9/I, 99 f.; Grundwerk 2, 152

*

Da «Mutterkomplex» ein Begriff der Psychopathologie ist, so ist er immer mit dem Begriff von Schädigung und Leiden verknüpft. Wenn wir ihn aber aus seinem etwas zu engen pathologischen Rahmen herausheben und ihm eine weitere und umfassendere Bedeutung geben, so können wir auch seiner positiven Wirkung Erwähnung tun: beim *Sohn* ergibt sich neben oder statt der Homosexualität zum Beispiel eine Differenzierung des Eros (in dieser Richtung klingt etwas im «*Symposion*» des *Platon* an); ebenso eine Entwicklung des Geschmacks und der Ästhetik, denen ein gewisses feminines Element keineswegs Abbruch tut; des ferneren erzieherische Qualitäten, denen ein weibliches Einfühlungsvermögen oft höchste Vollendung gibt; ein historischer Geist, der konservativ im besten Sinne ist und alle Werte der Vergangenheit aufs treueste bewahrt; ein

Sinn für Freundschaft, die erstaunlich zarte Bande zwischen Männerseelen flicht und sogar die Freundschaft zwischen den Geschlechtern aus der Verdammnis der Unmöglichkeit erlöst; ein Reichtum religiösen Gefühls, welcher eine ecclesia spiritualis [geistige Kirche] zur Wahrheit macht, und endlich eine geistige Rezeptivität, die der Offenbarung williges Gefäß ist.

Was negativ Don Juanismus ist, kann als Positivum kühne, rücksichtslose Männlichkeit bedeuten, einen Ehrgeiz nach höchsten Zielen; eine Gewalttätigkeit gegenüber aller Dummheit, Verbohrtheit, Ungerechtigkeit und Faulheit; eine Opferwilligkeit für das als richtig Erkannte, welche an Heroismus grenzt; Ausdauer, Unbeugsamkeit und Zähigkeit des Willens; eine Neugier, welche auch die Welträtsel nicht schrecken, einen revolutionären Geist endlich, der seinen Mitmenschen ein neues Haus baut oder der Welt ein anderes Gesicht aufsetzt.

GW 9/I, 100 f.; Grundwerk 2, 153

*

Der Mutterkomplex erzeugt bei der *Tochter* gewissermaßen eine Hypertrophie des Weiblichen oder eine entsprechende Atrophie. Die Übersteigerung des Weiblichen bedeutet eine Verstärkung aller weiblichen Instinkte, in erster Linie des Mutterinstinktes. Den negativen Aspekt davon stellt eine Frau dar, deren einziges Ziel das Gebären ist. Der Mann ist offenkundige Nebensache; er ist wesentlich Zeugungsinstrument und rangiert als zu betreuendes Objekt unter Kindern, armen Verwandten, Katzen, Hühnern und Möbeln. Auch die eigene Persönlichkeit ist Nebensache; sie ist sogar oft mehr oder weniger unbewußt, denn das Leben wird in den anderen und durch die anderen gelebt, indem man infolge der Unbewußtheit der eigenen Persönlichkeit mit diesen identisch ist. Erst trägt sie die Kinder, dann hängt sie sich diesen an, denn ohne diese hat sie überhaupt keine raison d'être [Daseinsberechtigung]. Der Eros ist nur als mütterliche Beziehung entwickelt, als persönliche aber unbewußt. Ein unbewußter Eros äußert sich immer als Macht; weshalb dieser Typus bei aller offenkundigen mütterlichen Selbstaufopferung doch gar kein wirkliches Opfer zu bringen imstande ist, sondern seinen Mutterinstinkt mit oft rücksichtslosem Machtwillen bis zur Vernichtung der Eigenpersönlichkeit und des Eigenlebens der Kinder durchdrückt. Je unbewußter ihrer eigenen Persönlichkeit eine solche Mutter ist, desto größer und gewalttätiger ist ihr unbewußter Machtwille. GW 9/I, 101 f.; Grundwerk 2, 154

*

Der Komplex, der von einer solchen Mutter bei der *Tochter* verursacht wird, braucht durchaus nicht wiederum eine Hypertrophie des Mutterinstinktes zu sein. Im Gegenteil wird bei der Tochter vorkommendenfalls dieser Instinkt sogar ausgelöscht. Dafür tritt als Ersatz eine Übersteigerung des Eros ein, welche fast regelmäßig zu einem unbewußten Inzestverhältnis mit dem Vater führt. Der gesteigerte Eros bewirkt eine abnorme Betonung der Persönlichkeit des anderen. Eifersucht auf die Mutter und Übertrumpfung derselben werden zu Leitmotiven späterer Unternehmungen, die häufig desaströser Natur sind. Ein Fall dieser Art liebt nämlich schwärmerische und sensationelle Beziehungen um ihrer selbst willen und interessiert sich für verheiratete Männer, weniger allerdings für deren eigene Wohlfahrt, als vielmehr um der Tatsache willen, daß sie verheiratet sind und darum Gelegenheit geben, eine Ehe zu stören, was der Hauptzweck der Übung ist. Ist dieser Zweck erreicht, so verflüchtigt sich, wegen mangelnden Mutterinstinktes, das Interesse, und ein anderer kommt an die Reihe. Dieser Typus ist gekennzeichnet durch eine bemerkenswerte Unbewußtheit. Solche Frauen sind geradezu mit Blindheit geschlagen für ihr eigenes Tun und Treiben, welches nicht nur für die Mitbeteiligten, sondern auch für sie selber nichts weniger als vorteilhaft ist. GW 9/I, 103; Grundwerk 2, 155

*

Tritt beim weiblichen Mutterkomplex keine Steigerung des Eros ein, so ergibt sich eine Identität mit der Mutter und eine Lähmung der eigenen weiblichen Unternehmung. Es tritt eine Projektion der eigenen Persönlichkeit auf die Mutter ein, vermöge der Unbewußtheit der eigenen Instinktwelt, des Mutterinstinktes sowohl wie des Eros. Alles, was bei diesen Frauen an Muttersein, Verantwortlichkeit, persönliche Verbundenheit und erotischen Anspruch erinnert, erregt Minderwertigkeitsgefühle und zwingt zum Fortlaufen, natürlich zur Mutter, welche alles das, was der Tochter völlig unerreichbar erscheint, in vollkommener Weise lebt, sozusagen als Überpersönlichkeit. Unwillkürlich von der Tochter bestaunt, lebt sie ihr im voraus alles weg. Diese begnügt sich, der Mutter selbstlos anzuhängen, und bemüht sich unbewußt zugleich, sozusagen gegen ihren eigenen Willen, allmählich zum Tyrannen der eigenen Mutter aufzusteigen, allerdings zunächst unter der Maske der vollkommenen Loyalität und Ergebenheit. GW 9/I, 103 f.; Grundwerk 2, 155 f.

*

Es ist mir aufgefallen, daß eine gewisse Art von Vaterkomplex einen sozusagen «geistigen» Charakter hat, das heißt, vom Bild des Vaters gehen Aussagen, Handlungen,

Tendenzen, Antriebe, Meinungen usw. aus, denen man das Attribut «geistig» wohl nicht verwehren kann. Bei Männern führt ein positiver Vaterkomplex nicht selten zu einer gewissen Autoritätsgläubigkeit und zu einer ausgesprochenen Unterwerfungsbereitschaft gegenüber allen geistigen Satzungen und Werten, bei Frauen zu lebhaften geistigen Aspirationen und Interessen.

GW 9/I, 230; Grundwerk 2, 213

*

Ich erinnere mich besonders lebhaft an eine Patientin mit einer nicht allzu schweren hysterischen Neurose, welche [...] hauptsächlich auf einem Vaterkomplex beruhte. [...] Sie hatte ein sehr gutes Verhältnis zu ihrem (seither verstorbenen) Vater gehabt. Es war hauptsächlich ein Gefühlsverhältnis gewesen. In einem solchen Fall pflegt öfters die intellektuelle Funktion sich zu entwickeln, weshalb es dann auch diese ist, die später die Brücke zur Welt wird. Demgemäß wurde die Patientin eine Studentin der Philosophie. Ihr lebhafter Erkenntnisdrang wurde zum Motiv, das sie aus der gefühlsmäßigen Verbundenheit mit dem Vater herausführen sollte. Diese Operation kann glücken, wenn auf der durch den Intellekt geschaffenen neuen Stufe auch das Gefühl sich betätigen kann, etwa in der Weise, daß dann ein dem früheren äquivalentes Gefühlsverhältnis zu einem passenden Mann zustande kommt.

GW 7, 140 f.; Grundwerk 3, 12 f.

Liebe als seelische Beziehung

Es ist mir hinlänglich klar geworden, daß nur dort, wo das Gefälle liegt, der Pfad des Lebens weiterführt. Es gibt aber keine Energie, wo keine Gegensatzspannung besteht; daher muß der Gegensatz zur Einstellung des Bewußtseins aufgefunden werden. Es ist interessant zu sehen, wie diese Gegensatzkompensation auch in der Geschichte der Neurosentheorie ihre Rolle gespielt hat: *Freuds* Theorie vertritt den *Eros, Adlers* Auffassung aber die *Macht.* Der logische Gegensatz zu Liebe ist Haß, oder zu Eros Phobos (die Furcht), psychologisch ist es aber der Wille zur Macht. Wo die Liebe herrscht, da gibt es keinen Machtwillen, und wo die Macht den Vorrang hat, da fehlt die Liebe. Das eine ist der Schatten des anderen. Wer auf dem Standpunkt des Eros steht, dessen kompensierender Gegensatz ist der Machtwille. Wer aber die Macht betont, dessen Kompensation ist der Eros. Vom einseitigen Standpunkt der Bewußtseinseinstellung aus gesehen, ist der *Schatten ein minderwertiger Persönlichkeitsanteil* und daher verdrängt durch intensiven Widerstand. Das Verdrängte muß aber bewußt werden, damit eine Gegensatzspannung entstehe, ohne welche keine Weiterbewegung möglich ist. Das Bewußtsein ist gewissermaßen oben, der Schatten unten, und da Hoch immer nach Tief strebt und Heiß nach Kalt, so sucht jedes Bewußtsein, ohne es vielleicht zu ahnen, nach seinem unbewußten Gegensatz, ohne den es zu Stagnation, Versandung oder Verholzung verurteilt ist. Nur am Gegensatz entzündet sich das Leben. GW 7, 58

Einsicht in den Schatten führt zu jener Bescheidenheit, die zur Anerkennung der Unvollkommenheit notwendig ist. Es bedarf aber gerade dieser bewußten Anerkennung und Berücksichtigung, wo immer menschliche Beziehung hergestellt werden soll. Diese beruht nicht auf der Differenzierung und Vollkommenheit, welche nämlich den Unterschied hervorheben oder den Gegensatz herausfordern, sondern vielmehr auf dem Unvollkommenen, Schwachen, dem Hilfe- und Unterstützungsbedürftigen, das Grund und Motiv der Abhängigkeit bildet. Das Vollkommene bedarf des anderen nicht, wohl aber das Schwache, das Anlehnung sucht und darum dem Partner nichts entgegenstellt, was ihn in eine untergeordnete Position drängt oder gar durch eine moralische Superiorität demütigt. Ein solcher Fall tritt aber nur zu leicht dort ein, wo hohe Ideale eine zu deutliche Rolle spielen.

Überlegungen dieser Art darf man nicht etwa als überflüssige Sentimentalitäten auffassen. Die Frage der menschlichen Beziehungen und des inneren Zusammenhaltes unserer Gesellschaft ist dringlich in Anbetracht der Atomisierung des bloß zusammengepferchten Massenmenschen, dessen persönliche Beziehungen durch das allverbreitete Mißtrauen unterhöhlt sind. Wo Rechtsunsicherheit, Polizeibespitzelung und Terror am Werke sind, fallen die Menschen der Vereinzelung anheim, was aber Zweck und Absicht des Diktaturstaates ist, denn er gründet sich auf die größtmögliche Anhäufung ohnmächtiger sozialer Einheiten. Dieser Gefahr gegenüber bedarf die freie Gesellschaft eines Bindemittels affektiver Natur, das heißt eines Prinzips, wie es etwa das der Caritas, der christlichen Nächstenliebe darstellt. Aber gerade die Liebe zum Mitmenschen leidet am allermeisten infolge des durch Projektionen bewirkten Verständnismangels. Es liegt daher im höchsten Interesse der freien Gesellschaft, wenn sie sich aus psychologischer Einsicht um die Frage der menschlichen Beziehung kümmert, weil auf dieser ihr eigentlicher Zusammenhang und somit auch ihre Stärke beruht. Wo die Liebe aufhört, beginnen die Macht, die Vergewaltigung und der Terror.

Mit diesen Überlegungen soll nicht etwa an den Idealismus appelliert, sondern bloß ein Bewußtsein der psychologischen Situation vermittelt werden. GW 10, 332 f.

*

Die Diskussion des Sexualproblems ist bloß ein etwas roher Anfang einer weit tieferen Frage, vor der dessen Wichtigkeit verblaßt, und das ist die *Frage der seelischen Beziehung zwischen den Geschlechtern*. Mit dieser Frage betreten wir die eigentliche Domäne der Frau.

Ihre Psychologie gründet sich auf das Prinzip des Eros, des großen Binders und Lösers, während dem Mann seit alters der Logos als oberstes Prinzip zugedacht ist. Man könnte den Begriff des Eros in moderner Sprache als seelische Beziehung und den des Logos als sachliches Interesse ausdrücken. Während für die Auffassung des gewöhnlichen Mannes die Liebe im eigentlichen Sinne mit der Institution der Ehe zusammenfällt und es jenseits der Ehe nur noch die Ehebrüche oder die konkrete Freundschaft gibt, ist für die Frau die Ehe keine Institution, sondern eine menschliche, erotische Beziehung: wenigstens möchte sie das glauben. (Weil ihr Eros nicht naiv ist, sondern uneingestandene andere Motive, wie zum Beispiel eine soziale Stellung durch die Heirat zu erobern usw., auch zuläßt, so kann das Prinzip nicht rein durchgeführt werden.) Sie stellt sich unter der Ehe eine ausschließliche Beziehung vor, deren Ausschließlichkeit sie um so leichter ertragen kann, ohne sich tödlich zu langweilen, als sie, sofern sie Kinder oder nahe Verwandte hat, mit diesen in ebenso enger Beziehung stehen kann wie mit dem Gatten. Daß sie mit jenen keine Sexualbeziehung hat, will insofern gar nichts bedeuten, als es ihr auf Sexualbeziehung sowieso viel weniger ankommt als auf seelische Beziehung. Aber es genügt, daß sie sowohl wie der Gatte des Glaubens sind, daß ihre Beziehung einzig und ausschließlich sei.

Ist [dies beim Gatten nicht der Fall], so fühlt er sich von dieser sogenannten Ausschließlichkeit erstickt, ganz besonders dann, wenn er nicht merkt, daß die Ausschließlichkeit seiner Gattin nichts ist als ein frommer Betrug. Sie ist in Wirklichkeit über ihre Kinder und womöglich noch über ihre Familie verteilt und steht so in vielerlei intimen Beziehungen. Wenn ihr Gatte ebensolche Beziehungen zu andern hätte, so wäre sie rasend vor Eifersucht. Aber die meisten Männer sind erotisch blind, indem sie das unverzeihliche Mißverständnis begehen, den Eros mit der Sexualität zu verwechseln. Der Mann meint, eine Frau zu besitzen. wenn er sie sexuell hat. Er hat sie nie weniger. Denn für die Frau ist nur erotische Beziehung wirklich maßgebend. Für sie ist die Ehe eine Beziehung mit der Beigabe der Sexualität. Da Sexualität wegen ihrer Folgen etwas formidabel ist, so ist es auch zweckmäßig, sie an sicherem Ort untergebracht zu haben. Wenn sie aber weniger gefährlich ist, dann ist sie auch weniger relevant, und dann tritt die Beziehungsfrage mehr in den Vordergrund. GW 10, 145 f.; Grundwerk 9, 37 f.

*

Damit [mit der Beziehungsfrage] aber stößt die Frau beim Mann auf große Schwierigkeiten, denn die Beziehungsfrage betrifft ein Gebiet, das ihm dunkel und peinlich ist. Er liebt es nur dann, wenn die Frau die Leidtragende […] ist, oder mit andern Worten, wenn sie sich Beziehungen auch zu einem anderen Mann vorstellen kann und infolgedessen uneins mit sich selbst geworden ist. Dann ist sie es, die das peinliche Problem hat, und dann braucht er das seinige nicht zu sehen, was ihm eine große Erleichterung bedeutet. Er ist nämlich in dieser Situation unverdienterweise in der vorteilhaften Lage des Diebes, dem ein anderer Dieb zuvorgekommen und dabei von der Polizei ertappt worden ist. Er ist plötzlich ein ehrenhafter, unbeteiligter Zuschauer geworden. Ein Mann in anderer Lage aber findet die Diskussion der persönlichen Beziehung immer peinlich und langweilig, genau so, wie sie es empfinden würde, wenn ihr Gatte sie über die «*Kritik der reinen Vernunft*» examinieren wollte. Der Eros gehört für den Mann zum Schattenland und verwickelt ihn in weibliches Unbewußtes, in «Seelisches», während der Logos für die Frau eine tödlich langweilige Vernünftelei ist, wenn sie ihn nicht geradezu fürchtet und verabscheut.

GW 10, 146 f.; Grundwerk 9, 38

*

Die Seele Europas ist von der höllischen Barbarei des Krieges zerrissen. Während der Mann alle Hände voll zu tun hat, die äußeren Schäden wieder gutzumachen, schickt die Frau – unbewußt wie immer – sich an, die inneren Wunden zu heilen, und dazu bedarf sie, als ihres wichtigsten Instrumentes, der *seelischen Beziehung*. Nichts ist dieser aber mehr hinderlich als die Abgeschlossenheit der mittelalterlichen Ehe, denn sie macht Beziehung gänzlich überflüssig. Beziehung ist nur möglich bei seelischer Distanz, wie Moralität auch immer Freiheit voraussetzt. Deshalb steht die unbewußte Tendenz der Frau nach Lockerung der Ehe, nicht aber nach Zerstörung von Ehe und Familie. Das wäre ein nicht nur unmoralischer, sondern geradezu krankhafter Auswuchs.

Auf was für eine Art und Weise dieses Ziel im einzelnen Fall erreicht wird, das zu schildern müßte man Bände mit kasuistischem Material füllen. Es ist die Art der Frau, wie der Natur, sich indirekter Wege zu bedienen, ohne Zielbenennung. Sie reagiert in zielentsprechender Weise auf unsichtbar Unbefriedigendes mit Launen, Affekten, Meinungen und Taten, deren scheinbare Sinnlosigkeit, Giftigkeit, Krankhaftigkeit oder – Kaltblütigkeit und Rücksichtslosigkeit dem erotisch blinden Mann unendlich unbequem ist.

Die indirekte Methode der Frau ist gefährlich, sie kann ihr Ziel hoffnungslos kompromittieren. Darum sehnt sich auch die Frau der Gegenwart nach höherer Bewußtheit, nach Sinn und Zielbenennung, um selber ihrer blinden Naturdynamik zu entrinnen. Sie sucht es in Theosophie und allen möglichen sonstigen Uneigentlichkeiten. Zu allen anderen Zeiten wäre es die herrschende Religion gewesen, die ihr letzte Ziele gezeigt hätte, aber heute führt die religiöse Lehre zurück ins Mittelalter, zurück in die kulturwidrige Beziehungslosigkeit, aus der all die furchtbare Barbarei des Krieges hervorgegangen ist: sie reserviert die Seele Gott zu ausschließlich, der Mensch kommt zu kurz. Aber selbst Gott kann nicht gedeihen in einer seelisch unterernährten Menschheit. Auf diesen Hunger reagiert die Seele der Frau, denn es ist der Eros, der verbindet, wo der Logos scheidet und klärt. Die Frau der Gegenwart steht vor einer gewaltigen Kulturaufgabe, welche vielleicht den Anfang eines neuen Zeitalters bedeutet.

GW 10, 155 f.; Grundwerk 9, 46 f.

Von Ehe

Selten oder sozusagen nie entwickelt sich eine Ehe glatt und ohne Krisen zu einer individuellen Beziehung. Es gibt keine Bewußtwerdung ohne Schmerzen.

GW 17, 218 f.; Grundwerk 9, 51

Wandlung unseres Bewußtseins

Sofern der Verstand oder die List oder die sogenannte fürsorgende Liebe der Eltern die Ehe der Kinder nicht arrangiert hat, und sofern bei den Kindern der primitive Instinkt weder durch falsche Erziehung noch durch die geheime Beeinflussung aus aufgestauten und vernachlässigten elterlichen Komplexen verkrüppelt ist, wird die Gattenwahl normalerweise aus unbewußten, instinktiven Motivationen erfolgen. Unbewußtheit bewirkt Nichtunterschiedenheit, unbewußte Identität. Die praktische Folge ist, daß der eine beim anderen eine gleichartige psychologische Struktur voraussetzt. Die normale Sexualität als ein gemeinsames und scheinbar gleichgerichtetes Erleben bestärkt das Gefühl der Einheit und der Identität. Dieser Zustand wird als völlige *Harmonie* bezeichnet und als ein großes Glück gepriesen («Ein Herz und eine Seele»); wohl mit Recht, denn die Rückkehr zu jenem anfänglichen Zustand der Unbewußtheit und der bewußtlosen Einheit ist wie eine Rückkehr in die Kindheit (daher die kindische Geste aller Verliebten), ja noch mehr, wie eine Rückkehr in den Mutterschoß, in die ahnungsschweren Meere einer noch unbewußten schöpferischen Fülle. Ja, es ist ein echtes und nicht zu leugnendes Erleben der Gottheit, deren Übergewalt alles Individuelle auslöscht und verschlingt. Es ist eine eigentliche Kommunion mit dem Leben und dem unpersönlichen Schicksal. Der sich selber behaltende Eigenwille wird gebrochen, die Frau wird Mutter, der Mann wird Vater, und so werden beide der Freiheit beraubt und zu Werkzeugen des weiterschreitenden Lebens gemacht.

Die Beziehung bleibt innerhalb der Grenzen des biologischen Instinktzieles, der Arterhaltung. Da dieser Zweck kollektiver Natur ist, so ist demgemäß auch die psychologische Beziehung der Gatten zueinander im wesentlichen kollektiver Natur und kann deshalb im psychologischen Sinne nicht als *individuelle Beziehung* angesehen werden. Von einer solchen können wir erst dann sprechen, wenn die Natur der unbewußten Motivationen erkannt und die anfängliche Identität weitgehend aufgehoben ist.

GW 17, 218; Grundwerk 9, 51

*

Es gibt heutzutage «Übermoderne», die sich allen Ernstes fragen, ob nicht am Ende irgend etwas nicht stimme, ob man nicht vielleicht etwas zu unbewußt, etwas antiquiert sei und darum in der Frage der Beziehungsschwierigkeiten der beiden Geschlechter mittelalterliche, um nicht zu sagen Höhlenbewohnermethoden zu Unrecht immer noch verwende. Ja, es gibt Leute, welche die Enzyklika des Papstes über die christliche Ehe (*Casti connubii* von Pius XI.) mit Entsetzen gelesen haben, wennschon sie zugeben müssen, daß für die Höhlenbewohner die sogenannte «christliche» Ehe einen Kulturfortschritt bedeutet. Obgleich aber die prähistorische Mentalität noch längstens nicht überwunden ist und gerade auf dem Gebiet der Sexualität, wo der Mensch seiner Säugetiernatur am allerdeutlichsten inne wird, ihre erheblichsten Triumphe erlebt, so sind doch andererseits gewisse ethische Verfeinerungen eingetreten, welche es erlauben, den Menschen, der eine Erziehung von zehn bis fünfzehn christlichen Jahrhunderten hinter sich hat, auf eine etwas höhere Stufe zu rücken.

Auf dieser Stufe spielt der Geist – ein für die biologische Auffassung unbegreifliches psychisches Phänomen – eine psychologisch nicht unwesentliche Rolle. Er hatte schon bei der Idee der christlichen Ehe ein gewichtiges Wort mitzureden, und bei der modernen Bezweiflung und Entwertung der Ehe mischt er sich negativ als Anwalt des Triebes und positiv als Verteidiger der Menschenwürde bedeutsam in die Diskussion. Daß dabei ein wilder und verwirrender Konflikt zwischen dem Menschen als triebhaftem Naturwesen und als geistbestimmtem Kulturwesen entsteht, ist weiter kein Wunder. Das Schlimme daran ist aber, daß immer das eine das andere gewalttätig unterdrücken möchte, um eine sogenannte harmonische und einheitliche Lösung des Konfliktes zustandezubringen. Leider glauben noch allzu viele an diese in der Politik allmächtige Methode, und es sind nur wenige, welche sie hier wie dort als barbarisch verdammen und an ihre Stelle lieber einen gerechten Vergleich, bei dem beide Teile gehört werden, setzen möchten.

Unglücklicherweise kann nun aber beim Problem der Beziehung der Geschlechter keiner für sich allein einen Vergleich herbeiführen, sondern dieser kann nur in der Beziehung zum anderen Geschlecht stattfinden. Daher die Notwendigkeit der Psychologie! Auf dieser Ebene wird Psychologie zum Plädoyer, oder besser noch: zur Methodik der Beziehung. Psychologie garantiert ein wirkliches *Wissen* um das andere Geschlecht und ersetzt das willkürliche *Meinen*, die Quelle unheilbarer Mißverständnisse, wie sie die Ehen unserer Zeit verheerend unterhöhlen.

GW 18/II, 871 f.

*

Das empirische Material der Komplexen Psychologie stammt zu einem erstaunlichen Prozentsatz von Frauen. Dies ist weiter nicht merkwürdig, indem die Frau in viel höherem Maße «psychologisch» ist als der Mann. Er begnügt sich meistens mit der «Logik» allein. Alles «Seelische», «Unbewußte» usw. ist ihm zuwider, es scheint ihm dämmerig, vag oder krankhaft. Er will das Sachliche oder Tatsächliche, nicht die Gefühle oder Phantasien, die daneben oder darüber gehen. Der Frau aber kommt es meistens mehr darauf an, zu wissen, wie der Mann über eine Sache fühlt, als die Sache selber zu kennen. Ihr ist all das wichtig, was dem Mann bloße Futilitäten [Nichtigkeiten] und Impedimenta [Hindernisse] sind. So ist es natürlicherweise die Frau, die am unmittelbarsten und reichhaltigsten Psychologie überhaupt darstellt, und sehr vieles kann bei ihr in deutlichster Weise wahrgenommen werden, was beim Mann schattenhafter Hintergrundsvorgang ist, den er zudem oft nicht einmal wahrhaben will. Nun geht aber menschliche Beziehung im Gegensatz zu sachlichen Auseinandersetzungen und Übereinkünften gerade über das Seelische, jenes Zwischenreich, das sich von der Sinnes- und Affektwelt bis zum Geist erstreckt und etwas von beiden enthält, ohne damit seine merkwürdige Eigenart einzubüßen.

Auf dieses Gebiet muß sich der Mann wagen, wenn er der Frau entgegenkommen will. Wie sie durch die Umstände gedrängt wurde, ein Stück Männlichkeit zu erwerben und damit zu verhindern, in einer antiquierten, rein instinktmäßigen Weiblichkeit steckenzubleiben, fremd und verloren in der Welt des Mannes, als ein geistiges Baby, so wird sich der Mann gezwungen sehen, ein Stück Weiblichkeit zu entwickeln, das heißt psychologisch und erotisch sehend zu werden, um nicht hoffnungslos und knabenhaft bewundernd der vorausgehenden Frau nachlaufen zu müssen, auf die Gefahr hin, von ihr in die Tasche gesteckt zu werden. GW 10, 147 f.; Grundwerk 9, 39

Für Nur-Männlichkeit und Nur-Weiblichkeit genügt die traditionelle mittelalterliche Ehe, die durchaus lobenswerte, praktisch vielfach bewährte Institution. Der Mensch der Gegenwart empfindet es aber als sehr schwierig, den Rückweg zu ihr zu finden, und gegebenenfalls gelingt es ihm ganz und gar nicht, denn diese Ehe existiert nur unter Ausschluß des von der Gegenwart aufgeworfenen Problems. [...] Der Mensch der Gegenwart findet nur zu viel Problematik in der heutigen Ehe. Ich hörte einen deutschen Gelehrten vor mehreren Hunderten von Zuhörern ausrufen: «Unsere Ehen sind Scheinehen.» Ich habe seinen Mut zur Aufrichtigkeit bewundert. Gewöhnlich drückt man sich indirekt aus, via guter Ratschläge, wie man's machen sollte – um das Ideal nicht zu kränken. Für die Frau der Gegenwart – das sollten sich die Männer merken – ist aber die mittelalterliche Ehe kein Ideal mehr. Sie verheimlicht sich zwar diesen Zweifel und ihre Auflehnung; die eine, weil sie verheiratet ist und es infolgedessen höchst inopportun findet, daß die Türe des Safes nicht luftdicht schließt, die andere, weil sie unverheiratet und zu anständig ist, um sich ganz unverblümt ihre Tendenz bewußtzumachen. Das erworbene Stück Männlichkeit macht es aber beiden unmöglich, die Ehe in ihrer traditionellen Form («Er soll dein Herr sein») für etwas durchaus Glaubwürdiges zu halten. Männlichkeit heißt: Wissen, was man will, und das Nötige tun, um das Ziel zu erreichen. Wenn es einmal gelernt ist, so ist es so einleuchtend, daß man es nicht wieder – ohne gewaltige seelische Einbuße – vergessen kann. Die vermöge dieses Wissens erworbene Selbständigkeit und Kritik sind positive Werte und werden als solche von der Frau empfunden. Darum kann sie sie nicht wieder aufgeben. Und umgekehrt wird der Mann, der das nötige Stück Einsicht in seine Seele mit nicht geringen Anstrengungen, ja sogar mit Schmerzen errungen hat, es nicht wieder fallen lassen, denn er ist zu sehr überzeugt von der Wichtigkeit des Gewonnenen. GW 10, 148 f.; Grundwerk 9, 40

*

Aus der Ferne besehen, sollte man meinen, daß damit Mann und Frau ganz besonders in den Stand gesetzt wären, die Ehe vollkommen zu machen. In Wirklichkeit aber und aus der Nähe besehen, ist dem nicht so, sondern im Gegenteil entsteht zunächst ein Konflikt, indem das, was die Frau aus der Bewußtheit ihrer selbst heraus tun wird, dem Mann nicht liegt, und die Gefühle, die er in sich entdeckt, ihr Mißfallen erregen. Das, was beide entdeckt haben, sind nämlich nicht Tugenden oder Werte an und für sich, sondern im Vergleich mit dem Gewünschten ist es etwas *Minderwertiges*, das man, wenn es als Ausfluß persönlicher Willkür oder Laune verstanden sein sollte, mit Recht verurteilen könnte. So geschieht es auch in der Regel. Jedoch geschieht damit ein halbes Unrecht. Die Männlichkeit der Frau und die Weiblichkeit des Mannes sind minderwertig, und es ist bedauerlich, wenn dem vollen Wert noch etwas Minderwertiges angehängt wird. Auf der andern Seite jedoch gehören zur Ganzheit der Persönlichkeit auch die Schatten: der Starke muß irgendwo schwach sein können, der Gescheite irgendwo dumm, sonst wird es unglaubwürdig und entartet zur Pose und zum Bluff. Ist es nicht eine alte Wahrheit, daß die Frau die Schwäche des Starken mehr liebt als seine Stärke und die Dummheit des Gescheiten mehr als seine Gescheitheit? Das will aber die Liebe der Frau, nämlich den ganzen Mann, also nicht etwa den Nur-Mann, sondern dazu noch dessen andeutungsweise Negation. Die Liebe der Frau ist nämlich kein Sentiment – das kommt nur beim Mann vor –, sondern ein Lebenswille, der bisweilen erschreckend unsentimental ist, und der sogar ihr Selbstopfer erzwingen kann. Ein Mann, der so geliebt wird, kann seiner minderwertigen Seite nicht entgehen, denn auf diese Wirklichkeit kann er nur mit seiner Wirklichkeit antworten. Und die Wirklichkeit des Menschen ist kein schöner Schein, sondern ein getreues Abbild der ewigen menschlichen Natur, die ungeschieden alle Menschheit verbindet, ein Abbild des menschlichen Lebens in seinen Höhen und Tiefen, uns allen gemeinsam. GW 10, 149 f.; Grundwerk 9, 40 f.

*

Die Frau fühlt, daß die Ehe keine wirkliche Sicherheit mehr ist, denn was gilt ihr die Treue des Gatten, wenn sie weiß, daß seine Gefühle und Gedanken danebenlaufen, und daß er bloß zu vernünftig und zu feige ist, ihnen nachzulaufen! Was gilt ihr ihre eigene Treue, wenn sie weiß, daß sie damit bloß ihrer legalen Besitzmacht frönt und dabei ihre Seele verkümmern läßt? Sie ahnt eine höhere Treue, eine Treue im Geist und in der Liebe, jenseits der menschlichen Schwäche und Unvollkommenheit.

GW 10, 153 f.; Grundwerk 9, 45

Unreife Ehen und ihre Folgen

Jeder Mann trägt das Bild der Frau von jeher in sich, nicht das Bild *dieser* bestimmten Frau, sondern *einer* bestimmten Frau. Dieses Bild ist im Grunde genommen eine unbewußte, von Urzeiten herkommende und dem lebenden System eingegrabene Erbmasse, ein «Typus» («Archetypus») von allen Erfahrungen der Ahnenreihe am weiblichen Wesen, ein Niederschlag aller Eindrücke vom Weibe, ein vererbtes psychisches Anpassungssystem. Wenn es keine Frauen gäbe, so ließe sich aus diesem unbewußten Bild jederzeit angeben, wie eine Frau in seelischer Hinsicht beschaffen sein müßte. Dasselbe gilt auch von der Frau, auch sie hat ein ihr angeborenes Bild vom Mann. Die Erfahrung lehrt, daß man genauer sagen sollte: ein Bild von *Männern,* während beim Manne es eher ein Bild von der Frau ist. Da dieses Bild unbewußt ist, so ist es immer unbewußt projiziert in die geliebte Figur und einer der wesentlichsten Gründe für leidenschaftliche Anziehung und ihr Gegenteil. Ich habe dieses Bild als *Anima* bezeichnet. [...] Die Frau hat keine Anima, sondern einen *Animus.* Die Anima hat einen erotisch-emotionalen, der Animus einen räsonierenden Charakter, daher das meiste, was die Männer über weibliche Erotik und überhaupt über weibliches Gefühlsleben zu sagen wissen, auf der Projektion ihrer eigenen Anima beruht und darum schief ist.

GW 17, 224; Grundwerk 9, 56 f.

Ich rate den Analytikern immer: «Habt einen ‹Beichtvater› oder eine ‹Beichtmutter›!» Die Frauen sind dafür nämlich sehr begabt. Sie haben oft eine ausgezeichnete Intuition und eine treffende Kritik und können den Männern, und unter Umständen auch deren Anima-Intrigen, wohl in die Karten sehen. Sie sehen Seiten, die der Mann nicht sieht. Darum war noch keine Frau davon überzeugt, daß ihr Mann der Übermensch sei!

Erinnerungen, 140

*

Wie der Vater als ein Schutz gegen die Gefahren der Außenwelt wirkt und auf diese Weise für den Sohn zum Musterbild der Persona [Außenpersönlichkeit] wird, so ist ihm die Mutter ein Schutz gegen die Gefahren, die aus dem Dunkeln seine Seele bedrohen. In den Männerweihen empfängt der Initiand daher Belehrung über die jenseitigen Dinge, wodurch er in den Stand gesetzt wird, des Schutzes der Mutter zu entraten. Der moderne Kulturmensch muß diese, trotz aller Primitivität im Grunde genommen ausgezeichnete Erziehungsmaßnahme entbehren. Die Folge davon ist, daß die Anima in Form der Mutterimago auf die Frau übertragen wird mit dem Erfolg, daß der Mann, sobald er heiratet, kindisch, sentimental, abhängig und unterwürfig wird, oder im anderen Fall aufbegehrerisch, tyrannisch und empfindlich, immer auf das Prestige seiner superioren Männlichkeit bedacht. Letzteres ist natürlich bloß die Umkehrung des ersteren. Der Schutz gegen das Unbewußte, den ihm die Mutter bedeutete, ist dem Modernen nicht ersetzt worden, weshalb er sein Eheideal unbewußt so gestaltet, daß seine Frau womöglich die magische Mutterrolle übernehmen muß. Unter dem Deckmantel der ideal exklusiven Ehe sucht er eigentlich bei der Mutter Schutz und kommt so dem Besitzinstinkt der Frau verführerisch entgegen. Seine Angst vor den dunklen Unberechenbarkeiten des Unbewußten verleiht der Frau eine illegitime Macht und gestaltet die Ehe zu einer so «innigen Gemeinschaft», daß sie aus innerer Gespanntheit beständig zu zerspringen droht – oder er macht aus Protest das Gegenteil mit demselben Erfolg. GW 7, 206; Grundwerk 3, 80 f.

*

Unsere gegenwärtige Bewußtseinskultur – insofern es sich um «Kultur» handelt – hat die christliche Prägung, was bedeuten will, daß weder Animus noch Anima integriert sind, sondern sich noch im Zustand der Projektion befinden, d. h. durch das Dogma ausgedrückt sind. Auf dieser Stufe sind die beiden Gestalten als Persönlichkeitskomponenten noch unbewußt. Sie entfalten aber ihre Wirksamkeit im Namen der dogmatischen Vorstellungen von Bräutigam und Braut.

Insofern nun aber unsere «Kultur» sich als ein recht zweifelhafter Begriff herausgestellt hat, was man als ein Ab- und Zurückgleiten von der Höhe des christlichen Ideals betrachten kann, so sind auch die Projektionen von den göttlichen Gestalten größtenteils abgefallen und haben sich notgedrungenerweise in die menschliche Sphäre verlagert. Das ist insofern durchaus verständlich, als der aufgeklärte Verstand sich über den Menschen hinaus nichts Größeres vorstellen kann als jene Ersatzgötter, die ebenfalls mit Totalitätsansprüchen auftreten und sich als Staat und «Führer» bezeichnen. Diese Regression hat sich in Deutschland und andern Staaten mit aller wünschenswerten Deutlichkeit abgespielt. Und wo dies anscheinend nicht der Fall ist, da haben die abgefallenen Projektionen die Beziehungen der Menschen unter sich beschwert und die Ehen zu mindestens 25 Prozent ruiniert.

GW 16, 245; Grundwerk 3, 184

*

Wenn ein Mann zu seiner Frau keine wirkliche Beziehung hat, so sucht er naturgemäß einen anderen Ausweg. Wenn sich der Mann dessen nicht bewußt ist oder Phantasien dieser Art verdrängt, dann regrediert sein Interesse auf der einen Seite zu dem Erinnerungsbild der Mutter, und auf der anderen sucht es unmittelbar die Tochter, wenn eine solche vorhanden ist. Das nennt man unbewußten Inzest. Man kann den Menschen für seine Unbewußtheit nicht ohne weiteres verantwortlich machen, aber die Natur zeigt in dieser Hinsicht weder Geduld noch Mitleid, sondern rächt sich direkt oder indirekt mit Krankheit und unglücklichen Zufällen aller Art. Unglücklicherweise ist es beinahe ein kollektives Ideal, in den heikeln Angelegenheiten der Liebe so unbewußt wie möglich zu sein. Hinter der Maske der Respektabilität und der Loyalität vergiftet die vernachlässigte Macht der Liebe die Kinder. Natürlich kann man dem einzelnen keinen Vorwurf machen, da man von ihm nicht erwarten kann, daß er wisse, welche Einstellung er haben und wie er das Problem der Liebe im Rahmen unserer gegenwärtigen Ideale und Überzeugungen lösen sollte. Man kennt meist nur die negativen Maßnahmen der Vernachlässigung, Hinausschiebung, Verdrängung und Unterdrückung. Und es ist zugegebenermaßen schwer, etwas Besseres zu wissen.

GW 17, 144

*

Sogar in Fällen, in denen Kinder sexuelle Symptome aufweisen, wo, mit anderen Worten, die inzestuöse Tendenz ganz offensichtlich ist, würde ich zu einer sorgfältigen Untersuchung der Psyche der Eltern raten. Man kann erstaunliche Dinge finden, einen Vater, der unbewußt in seine Tochter verliebt ist, eine Mutter, die unbewußt mit dem Sohn flirtet, und die so beide unter dem Deckmantel des Unbewußtseins ihre erwachsene Geistesart den Kindern andichten, welche ihrerseits wiederum unbewußt nach der ihnen zugeteilten Rolle handeln. Kinder würden es naturgemäß nicht tun, wenn sie nicht unbewußt durch die Einstellung der Eltern in solch eine seltsame und unnatürliche Rolle gezwungen würden. GW 17, 92 f.

*

Es handelt sich [in solchen Fällen] um eine jener typischen Ehen, in denen der Vater von seinem Geschäft gänzlich in Beschlag genommen wird und die Mutter ihren sozialen Ehrgeiz durch das Kind verkörpern will. Das Kind muß Erfolg haben, um die Wünsche und Erwartungen seiner Mutter zu erfüllen und ihrer Eitelkeit zu schmeicheln. Eine solche Mutter sieht in der Regel den wirklichen Charakter des Kindes, seine individuelle Art und seine Bedürfnisse ganz und gar nicht. Sie projiziert sich selber in das Kind hinein und regiert es mit rücksichtslosem Machtwillen. Eine solche Ehe ist natürlich auch geeignet, eine derartige Psychologie hervorzubringen und sie auf dem Wege des circulus vitiosus noch zu steigern. Es scheint in diesem Fall eine beträchtliche Distanz zwischen den Eltern zu bestehen, da eine Frau von solcher Männlichkeit für die Gefühle eines Mannes kaum ein wirkliches Verständnis aufzubringen vermag. Das einzige, was sie aus ihrem Mann herauszuholen versteht, ist das Geld. Er bezahlt sie, um sie in einer einigermaßen erträglichen Laune zu erhalten. Ihre ganze Liebe setzt sie in Ehrgeiz und Machtwillen um, wenn sie dies nicht überhaupt schon längst vor der Heirat getan hat, unbewußt dem Beispiel ihrer Mutter folgend. Die Kinder solcher Mütter haben praktisch die Bedeutung von Puppen, die man nach Belieben kleidet und schmückt. Sie sind nichts als stumme Figuren auf dem Schachbrett des elterlichen Egoismus, und dabei wird all dies getan unter dem Deckmantel selbstloser Hingabe an das liebe Kind, dessen Glück der einzige Zweck von Mutters Leben ist. Aber in Wirklichkeit wird dem Kind auch nicht eine Spur wirklicher Liebe gegeben. Deshalb leidet das Kind an verfrühten Sexualsymptomen auf der einen Seite, wie so viele vernachlässigte und schlecht behandelte Kinder; auf der anderen Seite ist es überschwemmt mit sogenannter natürlicher Liebe. GW 17, 146 f.

*

Unzählige mißratene und unglückliche Ehen, unzählige berufliche Enttäuschungen beruhen einzig und allein auf dem Mangel an Erziehung der Erwachsenen, die in Beziehung auf die wichtigsten Dinge oft in tiefster Unwissenheit leben. Ja, man meint sogar, daß kindische Unarten darum unveränderliche Charaktereigenschaften seien, weil sie bei Erwachsenen vorkommen, die doch fertig erzogen und darum der Erziehbarkeit längst entwachsen seien. Das ist aber eine große Täuschung. Auch der Erwachsene ist erziehbar: er kann sogar ein dankbares Objekt individueller Erziehungskunst sein. Nur ist er nicht mehr mit den gleichen Methoden wie das Kind erziehbar, denn er hat die außerordentliche Plastizität der kindlichen Psyche eingebüßt, er hat eigenen Willen, eigene Überzeugungen, ein mehr oder weniger bestimmtes Bewußtsein seiner selbst, und daher ist er einer schematischen Beeinflussung weit weniger zugänglich. Zu dem kommt, daß das Kind in seiner geistigen Entwicklung die Stufen der Ahnenreihe durchläuft und nur so lange erzogen wird, bis es ungefähr die moderne Kultur- beziehungsweise Bewußtseinsstufe erreicht hat. Der Erwachsene aber steht auf dieser Stufe und fühlt sich als Träger gegenwärtiger Kultur. Er ist daher wenig geneigt, nach Art eines Kindes einen Erzieher über sich anzuerkennen. Es ist auch wichtig, daß er es nicht tut, denn sonst geriete er leicht wieder in einen kindlichen Abhängigkeitszustand zurück. Die Erziehungsmethode, die ihm beikommen soll, darf daher nicht eine direkte, sondern muß eine indirekte sein, das heißt, es müßten ihm diejenigen psychologischen Kenntnisse vermittelt werden, die es ihm ermöglichen, sich selber zu erziehen. Eine solche Leistung könnten und dürften wir vom Kind nicht erwarten, wir müssen sie aber erwarten vom Erwachsenen, namentlich wenn er ein Erzieher ist. Ein Erzieher darf nicht nur ein passiver Träger der Kultur sein, sondern er muß auch aktiv die Kultur weiterentwickeln, und zwar durch Selbsterziehung. Seine Kultur darf nie stehenbleiben, sonst fängt er an, die Fehler, die er bei sich selbst unkorrigiert läßt, an den Kindern auszubessern. Das ist natürlich das Gegenteil von Erziehung. GW 17, 70 f.

Die Partnerwahl

Je stärker die unbewußte Beeinflussung durch das Elternbild ist, desto mehr wird die Figur des Geliebten als positiver oder negativer Ersatz für die Eltern ausgewählt. Die weitgehende Beeinflussung durch das Elternbild ist kein abnormes, sondern im Gegenteil ein sehr normales und deshalb sehr allgemeines Phänomen. Es ist sogar sehr wichtig, daß es so sei, denn sonst sind die Eltern in den Kindern nicht wiedergeboren, das heißt, die Elternimago [Ebenbild] geht dermaßen gründlich verloren, daß auch alle Kontinuität im Leben des Individuums aufhört. Es kann seine Kindheit nicht in sein erwachsenes Leben hinübernehmen; infolgedessen bleibt es [dann] unbewußt ein Kind, was die beste Grundlage für eine spätere Neurose ist. Es wird an allen jenen Krankheiten leiden, welche unhistorische Neuerer, seien dies nun einzelne oder seien es Gesellschaftsgruppen, befallen.

Es ist in einem gewissen Sinne normal, daß Kinder quasi ihre Eltern wieder heiraten. Psychologisch ist dies ebenso wichtig, wie biologisch ein gewisser Ahnenverlust für die Entwicklung einer guten Rasse nötig ist. Dadurch entsteht Kontinuität, ein vernünftiges Weiterleben des Vergangenen im Gegenwärtigen. Nur ein Zuviel oder ein Zuwenig in dieser Richtung ist ungesund.

Insofern nun positive oder negative Elternähnlichkeit bei der Liebeswahl ausschlaggebend war, war auch die Ablösung vom Elternbild und damit von der Kindheit keine völlige. Obschon die Kindheit eben wegen der historischen Kontinuität mitgenommen werden sollte, so darf dies doch nicht auf Kosten der weiteren Entwicklung geschehen. Einmal gegen die Mitte des Lebens erlischt der letzte Schimmer der Kindheitsillusionen – dies allerdings nur in einem gedachten idealen Leben, nicht wenige sinken als Kindsköpfe ins Grab –, und aus dem Elternbild tritt der Archetypus des erwachsenen Menschen heraus, ein Bild des Mannes, wie ihn die Frau seit Urzeiten erfüllt, und ein Bild der Frau, wie es der Mann seit Ewigkeit in sich trägt.

GW 10, 53 f.

*

Der junge Mensch in heiratsfähigem Alter besitzt zwar Ichbewußtsein (das Mädchen in der Regel mehr als der junge Mann), aber es ist nicht allzulange her, seitdem er aus den Nebeln der anfänglichen Unbewußtheit [der Kindheit] aufgetaucht ist. Er besitzt daher weite Gebiete, die noch im Schatten der Unbewußtheit liegen und die, soweit sie reichen, die Herstellung einer psychologischen Beziehung nicht ermöglichen. Praktisch heißt das, daß dem jungen Menschen nur eine unvollständige Erkenntnis des anderen sowohl wie seiner selbst gegeben ist, daher kann er über die Motive des anderen sowohl wie seiner selbst nur ungenügend unterrichtet sein. Er handelt in der Regel aus größtenteils unbewußten Motiven. Natürlich scheint es ihm subjektiv, als ob er sehr bewußt sei; denn man überschätzt stets die jeweils bewußten Inhalte, und es ist und bleibt eine große und überraschende Entdeckung, daß das, was wir für einen endlich erreichten Gipfel halten, in Wirklichkeit bloß die unterste Stufe einer sehr langen Treppe ist. Je größer der Umfang der Unbewußtheit ist, desto weniger handelt es sich bei der Verheiratung um freie Wahl, was sich subjektiv bemerkbar macht durch den in der Verliebtheit deutlich wahrnehmbaren *Schicksalszwang*. Wo keine Verliebtheit vorhanden ist, kann trotzdem der Zwang existieren, allerdings in weniger angenehmer Form. GW 17, 216; Grundwerk 9, 49

*

Die noch unbewußten Motivationen sind persönlicher und allgemeiner Natur. Zunächst sind es Motive, die vom *elterlichen Einfluß* stammen. In dieser Hinsicht ist für den jungen Mann das Verhältnis zur Mutter und für das Mädchen dasjenige zum Vater bestimmend. In erster Linie ist es der Grad der Verbundenheit mit den Eltern, welcher unbewußt die Wahl des Gatten beeinflußt, fördert oder erschwert. Eine bewußte Liebe zu Vater und Mutter fördert die Wahl eines vater- oder mutterähnlichen Gatten. Eine unbewußte Verbundenheit (die sich bewußt keineswegs als Liebe zu äußern braucht) dagegen erschwert eine solche Wahl und erzwingt eigentümliche Modifikationen. Um diese zu verstehen, muß man in erster Linie wissen, woher die unbewußte Verbundenheit mit den Eltern rührt und unter was für Umständen sie zwangsmäßig die bewußte Wahl modifiziert oder sogar verhindert. *In der Regel wird all das aus künstlichen Motiven verhinderte Leben, welches die Eltern leben könnten, in umgekehrter Form auf die Kinder vererbt,* das heißt, letztere werden unbewußt in eine Lebensrichtung gezwungen, welche das Unerfüllte im Leben der Eltern kompensieren soll. Daher kommt es, daß übermoralische Eltern sogenannte unmoralische Kinder haben, daß ein unverantwortlicher und verbummelter Vater einen mit krankhaftem Ehrgeiz behafteten Sohn hat usw. Die schlimmsten Folgen hat die *künstliche Unbewußtheit* der Eltern. Zum Beispiel kettet eine Mutter, die sich künstlich unbewußt erhält, um den Anschein der guten Ehe nicht zu stören, unbewußt den Sohn an sich, gewissermaßen als Ersatz für ihren Mann. Dadurch wird der Sohn, wenn nicht immer geradewegs in die Homosexualität, so doch in andere ihm eigentlich nicht entsprechende Modifikationen seiner Wahl gedrängt. Er wird z. B. ein Mädchen heiraten, das seiner (des Sohnes) Mutter offenkundig unterlegen ist und so mit der Mutter nicht konkurrieren kann, oder er wird einer Frau von tyrannischem und anmaßendem Charakter verfallen, welche ihn gewissermaßen von der Mutter losreißen soll. Die Gattenwahl kann bei unverkrüppeltem Instinkt von diesen Einflüssen frei bleiben, jedoch werden sich die letzteren früher oder später als Hemmnisse bemerkbar machen.

GW 17, 216 f.; Grundwerk 9, 49 f.

*

Wie viele Ehen gibt es, die jahrelang und manchmal auf immer unglücklich sind, weil er in seiner Frau die Mutter und sie in ihrem Mann den Vater sieht, ohne jemals die Wirklichkeit des anderen Menschen zu erkennen! Das Leben ist wahrhaftig schwer genug, so daß man sich die dümmsten Schwierigkeiten wenigstens ersparen könnte. Ohne gründliche Auseinandersetzung mit einem Gegenüber ist aber die Ablösung der infantilen Projektionen oft einfach unmöglich. GW 16, 232; Grundwerk 3, 173

*

Die Eltern [...] sind – oder stellen dar – Lebensmächte, welche das Kind auf dem verschlungenen Schicksalspfad als günstige oder gefährliche Faktoren begleiten und deren Einfluß sich auch der Erwachsene nur bedingt entziehen kann, sei er nun [durch Therapie] analysiert oder nicht. Vater und Mutter werden, ob wir dies selbst wissen oder nicht, durch ihnen Entsprechendes ersetzt, wenn uns die Ablösung von ihnen gelingt. Die Lösung von den Eltern kann überhaupt nur geschehen, wenn wir auf eine nächste Stufe treten können. An die Stelle des Vaters tritt zum

Beispiel der Arzt, welches Phänomen *Freud* als «Übertragung» bezeichnet hat. An Stelle der Mutter aber tritt die Weisheit der Doktrin. Das große Vorbild des Mittelalters ist ja die Ablösung der Familie durch die Gemeinschaft in der Kirche. In der neueren Zeit haben weltliche Zugehörigkeiten die geistige Organisation der Gesellschaft ersetzt, denn das endgültige Verbleiben in der Familie hat sehr ungünstige psychische Folgen und wird deshalb schon auf primitiver Stufe durch die Initiationen verunmöglicht. Der Mensch braucht eine weitere Gemeinschaft als die Familie, in deren allzu enger Umschnürung er geistig und moralisch verkümmert. Ist er aber mit dieser zu sehr belastet, das heißt, ist er noch zu sehr an die Eltern gebunden, dann wird er seine Elternbindung einfach in seine von ihm gegründete Familie übertragen, wenn er überhaupt je so weit kommt, und damit für seine Kinder eventuell ein seelisch ebenso kümmerliches Milieu schaffen, wie er es selber vielleicht schon hatte. GW 17, 101

*

Der Introvertierte sieht alles, was ihm irgendwie wertvoll ist, im Subjekt, der Extravertierte dagegen im Objekt; und umgekehrt erscheint dem Introvertierten die Abhängigkeit vom Objekt als das Allerminderwertigste, dem Extravertierten dagegen die Beschäftigung mit dem Subjekt, die er nur als infantilen Autoerotismus verstehen kann. Kein Wunder daher, wenn sich die beiden Typen bekämpfen. Das hindert aber nicht, daß der Mann in der Mehrzahl der Fälle wahrscheinlich eine Frau vom entgegengesetzten Typus heiratet. Solche Ehen sind als psychologische Symbiosen sehr wertvoll, solange die Partner es nicht versuchen, sich gegenseitig «psychologisch» zu verstehen. GW 6, 560

Es hat sich bei näherer Nachforschung herausgestellt, daß die beiden Typen sich mit Vorliebe heiraten, und zwar – unbewußterweise – zur gegenseitigen Ergänzung. Das reflexive Wesen des Introvertierten veranlaßt ihn, stets nachzudenken oder sich zu besinnen, bevor er handelt. Dadurch wird natürlich sein Handeln verlangsamt. Seine Scheu und sein Mißtrauen vor Objekten verführen ihn zum Zögern, und so hat er immer Schwierigkeiten mit der Anpassung in die äußere Welt. Umgekehrt hat der Extravertierte ein positives Verhältnis zu den Dingen. Er wird sozusagen von ihnen angezogen. Neue, unbekannte Situationen locken ihn. Um etwas Unbekanntes kennenzulernen, springt er sogar mit beiden Füßen hinein. Er handelt in der Regel zuerst und denkt dann darüber nach. Dadurch ist sein Handeln rasch und keinen Bedenklichkeiten und Zögerungen unterworfen. Die beiden Typen sind daher für eine Symbiose wie geschaffen. Der eine besorgt die Überlegung und der andere die Initiative und das praktische Handeln. Wenn sich die beiden Typen heiraten, so können sie zusammen eine ideale Ehe zustandebringen. Solange sie mit der Anpassung an die vielfachen äußeren Nöte des Lebens vollauf beschäftigt sind, passen sie prächtig zusammen. Wenn aber der Mann Geld genug verdient hat oder wenn eine größere Erbschaft ihnen vom Himmel fällt und damit die äußere Not des Lebens aufhört, so bekommen sie Zeit, sich miteinander zu beschäftigen. Vorher standen sie Rücken an Rücken und wehrten sich gegen die Not. Jetzt aber wenden sie sich einander zu und wollen sich verstehen – und entdecken, daß sie sich nie verstanden haben. Jedes spricht eine andere Sprache. So beginnt die Auseinandersetzung der beiden Typen. Dieser Streit ist giftig, gewalttätig und voll gegenseitiger Entwertung, auch wenn er ganz leise im Allerintimsten geführt wird. Denn *der Wert des einen ist der Unwert des andern.* Man sollte vernünftigerweise meinen, daß der eine, im Bewußtsein seines eigenen Wertes, den des andern ruhig anerkennen könnte, und daß auf diese Weise jeder Konflikt überflüssig würde. Ich habe genug Fälle gesehen, welche in dieser Art argumentierten und doch zu keinem befriedigenden Ziel gelangten. Wo es sich um normale Menschen handelt, wird eine solche kritische Übergangszeit mehr oder weniger glatt überwunden. *Normal* ist nämlich derjenige Mensch, der schlechthin unter allen Umständen, die ihm das nötige Minimum an Lebensmöglichkeiten überhaupt gewähren, existieren kann. Viele können dies aber nicht: deshalb sind auch nicht allzu viele Menschen normal.

Was wir gemeiniglich unter «Normalmensch» verstehen, ist eigentlich ein Idealmensch, dessen glückhafte Charaktermischung ein seltenes Vorkommnis ist. Weitaus die meisten der mehr oder weniger differenzierten Menschen verlangen Lebensbedingungen, die mehr gewähren als relativ gesichertes Essen und Schlafen. Für diese bedeutet das Ende eines symbiotischen Verhältnisses eine schwere Erschütterung. GW 7, 59 f.

*

Wenn wir aber bedenken, daß kein Mensch bloß introvertiert oder bloß extravertiert ist, sondern ihm beide Einstellungsmöglichkeiten gegeben sind, aber daß er nur die eine als Anpassungsfunktion ausgebildet hat, so werden wir ohne weiteres auf die Vermutung kommen, daß beim Introvertierten die Extraversion irgendwo im Hintergrund in unentwickeltem Zustand schlummere, und ebenso beim Extravertierten die Introversion ein ähnliches Schattendasein führe. Dies ist nun tatsächlich der Fall. Der Introvertierte hat eine extravertierte Einstellung; aber sie ist ihm unbewußt, weil der Blick seines Bewußtseins stets auf das Subjekt gerichtet ist. Er sieht zwar das Objekt; aber er hat falsche oder hemmende Vorstellungen davon, so daß er sich immer möglichst distant hält, wie wenn das Objekt etwas Mächtiges und Gefährliches wäre. [...]

Es ist eine Notwendigkeit für die Entwicklung des Charakters, daß wir die andere Seite, eben unsere minderwertige Funktion, zu Wort kommen lassen; denn wir können nicht auf die Dauer einen Teil unserer Persönlichkeit symbiotisch von einem anderen besorgen lassen; der Augenblick, wo wir auch der anderen Funktion bedürfen, kann jederzeit eintreten und uns unvorbereitet finden.

GW 7, 60–63

Entwicklungsstufen der Ehe

Was man über alle frühen Ehen sagen muß: Eine Frau mit zwanzig Jahren ist in der Regel älter als ein Mann mit fünfundzwanzig, was die Reife des Urteils über Personen anbetrifft. Bei vielen Männern ist die geistige Pubertät mit fünfundzwanzig Jahren noch nicht abgeschlossen. Die Pubertät aber ist eine Lebensepoche der Illusion und einer nur partiellen Zurechnungsfähigkeit. Dies rührt daher, daß der Knabe bis zum Alter der sexuellen Reife in der Regel ganz kindhaft ist, während das Mädchen schon viel früher die zur Geschlechtsreife gehörigen psychischen Subtilitäten entwickelt. In diese Kindhaftigkeit des Knaben bricht oft stürmisch und brutal die Sexualität ein, während sie beim Mädchen, trotz eingetretener Geschlechtsreife, noch lange schlummert, bis die Leidenschaft der Liebe sie weckt. Es gibt aber überraschend viele Frauen, bei denen die wirkliche Sexualität trotz Heirat noch lange virginal bleibt und vielleicht erst bewußt wird, wenn sich die Frau in einen anderen als ihren Mann verliebt. Dies ist der Grund, warum sehr viele Frauen von der männlichen Sexualität überhaupt nichts verstehen, weil sie ihrer eigenen Sexualität gänzlich unbewußt sind. Anders der Mann: ihm drängt sich die Sexualität als brutale Tatsache auf und erfüllt ihn […] mit Nöten und Kämpfen. Selten ist einer, der dem peinlichen und ängstigenden Problem der Onanie entgeht, während Mädchen oft jahrelang onanieren können, ohne zu wissen, was sie tun.

GW 10, 123 f.

Man kann wohl kaum von der psychologischen Beziehung in der Ehe handeln, ohne die Natur der kritischen Übergänge wenigstens andeutungsweise zu erwähnen, auf die Gefahr von Mißverständnissen hin. Bekanntlich versteht man in psychologischer Hinsicht gar nichts, was man nicht selber erfahren hat. Diese Tatsache hindert aber niemand an der Überzeugung, daß sein Urteil das einzig wahre und kompetente sei. Diese befremdliche Tatsache rührt von der notwendigen Überschätzung des jeweiligen Bewußtseinsinhaltes her. (Ohne diese Häufung von Aufmerksamkeit könnte er ja gar nicht bewußt sein.) So kommt es, daß jedes Lebensalter seine eigene psychologische Wahrheit hat, seine programmatische Wahrheit sozusagen, ebenso jede Stufe der psychologischen Entwicklung. Es gibt sogar Stufen, welche nur die wenigsten erreichen, – eine Frage von Rasse, Familie, Erziehung, Begabung und Leidenschaft. Die Natur ist aristokratisch. Der Normalmensch ist eine Fiktion, obschon es gewisse allgemein gültige Gesetzmäßigkeiten gibt. Das seelische Leben ist eine Entwicklung, die schon auf den untersten Stufen zum Stillstand kommen kann. Es ist, wie wenn jedes Individuum ein spezifisches Gewicht hätte, dem entsprechend es steigt oder sinkt zu jener Stufe, wo es seine Grenze erreicht. Dementsprechend sind auch seine Einsichten und Überzeugungen beschaffen. Es ist daher kein Wunder, wenn weitaus die meisten aller Ehen mit der biologischen Bestimmung ihre psychologische Höchstgrenze erreichen, ohne Schaden für geistige und moralische Gesundheit. Relativ wenige geraten in ein tieferes Uneinssein mit sich selbst. Wo viel äußere Not ist, kann der Konflikt aus Energiemangel keine dramatische Spannung erreichen. Aber proportional der sozialen Sicherheit steigt die psychologische Unsicherheit, zunächst unbewußt, und verursacht dann Neurosen; sodann bewußt, und veranlaßt dann

Trennnungen, Streit, Scheidungen und sonstige «Ehe-Irrungen». Auf noch höherer Stufe werden neue psychologische Entwicklungsmöglichkeiten erkannt, welche die religiöse Sphäre berühren, wo das kritische Urteil sein Ende erreicht. GW 17, 266 f.; Grundwerk 9, 59 f.

*

Mein Beruf hat mich von jeher dazu gezwungen, mir Rechenschaft über die Eigenart der Individuen zu geben, und der besondere Umstand, daß ich im Laufe der Jahre – ich weiß nicht wie viele – Ehen zu behandeln und Mann und Frau einander plausibel zu machen hatte, hat die Aufgabe und Notwendigkeit, gewisse durchschnittliche Wahrheiten festzustellen, noch unterstrichen. Wie viele Male war ich z. B. gezwungen zu sagen: «Sehen Sie, Ihre Frau ist eben eine sehr aktive Natur, von der man wirklich nicht erwarten kann, daß ihr ganzes Dasein sich nur im Haushalt abspielen soll.» Damit ist bereits eine Typisierung, eine Art von statistischer Wahrheit, ausgesprochen. GW 6, 577

*

Der Wege, die zur Bewußtwerdung führen, sind manche, aber sie folgen doch gewissen Gesetzen. Im allgemeinen beginnt die Wandlung mit dem *Anbruch der zweiten Lebenshälfte*. GW 17, 219; Grundwerk 9, 51 f.

*

Mehr noch als im Physischen macht sich diese Veränderung im Psychischen geltend. Wie häufig kommt es zum Beispiel vor, daß der Mann mit fünfundvierzig bis fünfzig Jahren abgewirtschaftet hat und daß dann die Frau die Hosen anzieht und einen kleinen Kramladen eröffnet, wo der Mann vielleicht noch Handlangerdienste tut. Es gibt sehr viele Frauen, die zu sozialer Verantwortlichkeit und zu sozialem Bewußtsein überhaupt erst nach dem vierzigsten Lebensjahre erwachen. Im modernen Geschäftsleben zum Beispiel, besonders in Amerika, ist das sogenannte break down, der nervöse Zusammenbruch, nach dem vierzigsten Jahr ein ungemein häufiges Ereignis. Untersucht man die Opfer genauer, so sieht man, daß das, was zusammengebrochen ist, der bisherige, männliche Stil ist, und zurückgeblieben ist ein verweiblichter Mann. Umgekehrt beobachtet man in denselben Kreisen Frauen, welche in diesen Jahren eine ungemeine Männlichkeit und Härte des Verstandes entwickeln, welche Herz und Gefühl in den Hintergrund drängen. Sehr häufig sind diese Verwandlungen begleitet von Ehekatastrophen aller Art, denn es ist nicht allzuschwer, sich vorzustellen, was es dann gibt, wenn der Mann seine zarten Gefühle und die Frau ihren Verstand entdeckt.

Das Schlimmste an allen diesen Dingen ist, daß kluge und gebildete Menschen dahinleben, ohne von der Möglichkeit solcher Veränderungen zu wissen. Gänzlich unvorbereitet treten sie die zweite Lebenshälfte an. Oder gibt es irgendwo Schulen, nicht bloß Hoch-, sondern Höhere Schulen für Vierzigjährige, die sie ebenso auf ihr kommendes Leben und seine Anforderungen vorbereiten, wie die gewöhnlichen und Hochschulen unsere jungen Leute in die Kenntnis von Welt und Leben einführen? Nein, aufs tiefste unvorbereitet treten wir in den Lebensnachmittag, schlimmer noch, wir tun es unter der falschen Voraussetzung unserer bisherigen Wahrheiten und Ideale. Wir können den Nachmittag des Lebens nicht nach demselben Programm leben wie den Morgen, denn was am Morgen viel ist, wird am Abend wenig sein, und was am Morgen wahr ist, wird am Abend unwahr sein. Ich habe zu viele alte Leute behandelt und in die Geheimkammern ihrer

Seelen geblickt, um nicht von der Wahrheit dieser Grundregel erschüttert zu sein. GW 8, 437 f.; Grundwerk 9, 72 f.

*

Die *Verschiedenheiten im Tempo* einerseits und der *Umfang der geistigen Persönlichkeit* anderseits sind die Momente, welche eine typische Schwierigkeit erzeugen, die im kritischen Augenblick ihre Wirksamkeit entfaltet. [...] Dies ist eine fast regelmäßige Erscheinung: eine Frau, die geistig ganz in ihrem Mann, ein Mann, der gefühlsmäßig ganz in seiner Frau enthalten ist. Man könnte dies als *das Problem der Enthaltenen und des Enthaltenden* bezeichnen.

Der *Enthaltene* ist im wesentlichen ganz innerhalb der Ehe. Er wendet sich ungeteilt zum anderen, nach außen existieren keine wesentliche Verpflichtung und kein bindendes Interesse. Die unangenehme Seite dieses sonst «idealen» Zustandes ist die beunruhigende Abhängigkeit von einer etwas unübersehbaren, daher nicht ganz glaubhaften oder verläßlichen Persönlichkeit. Der Vorteil ist das eigene Ungeteiltsein – ein für die seelische Ökonomie nicht zu unterschätzender Faktor!

Der *Enthaltende,* der gemäß seinen etwas dissoziierten Anlagen ein besonderes Bedürfnis hätte, sich in einer ungeteilten Liebe zu einem anderen mit sich selber zu vereinigen, wird in diesem ihm natürlich schwerfallenden Bestreben von der einfacheren Persönlichkeit überholt. Während er nach all den Subtilitäten und Komplikationen im anderen sucht, die seinen eigenen Facetten Ergänzung und Widerpart sein sollten, stört er die Einfachheit des anderen. Da nun die Einfachheit unter allen gewöhnlichen Umständen gegenüber der Komplikation im Vorteil ist, so muß er seine Versuche, eine einfache Natur zu subtilen und problematischen Reaktionen zu veranlassen, bald aufgeben. Auch wird ihm der andere, der gemäß seiner einfachen Natur einfache Antworten in ihm sucht, bald genug zu tun geben dadurch, daß er gerade durch die Erwartung einfacher Antworten die Kompliziertheiten des ersteren «konstelliert» (wie der technische Ausdruck lautet). Ersterer muß sich nolens volens [ob er will oder nicht] auf sich zurückziehen vor der überzeugenden Kraft des Einfachen. Das Geistige (der Bewußtseinsprozeß im allgemeinen) bedeutet für den Menschen eine solche Anstrengung, daß er das Einfache unter allen Umständen vorzieht, sogar wenn es nicht einmal wahr ist. Und wenn es wenigstens eine halbe Wahrheit ist, dann ist er ihm sozusagen verfallen. Die einfache Natur wirkt auf den Komplizierteren wie ein zu kleines Zimmer, das ihm nicht Raum genug gewährt. Die komplizierte Natur dagegen gibt dem Einfacheren zu viele Zimmer mit zu viel Raum, so daß er nie recht weiß, wohin er eigentlich gehört.

GW 17, 220–22; Grundwerk 9, 53 f.

*

Da die Ziele der zweiten Lebenshälfte andere sind als die der ersten, entsteht durch zu langes Verharren in der jugendlichen Einstellung eine Uneinigkeit des Willens. Das Bewußtsein drängt nach vorwärts, gewissermaßen seiner eigenen Tätigkeit gehorchend; das Unbewußte aber hält zurück, da Kraft und innerer Wille für weitere Ausdehnung erschöpft sind. Diese Uneinigkeit mit sich selbst erzeugt Unzufriedenheit, und da man sich seines Zustandes nicht bewußt ist, so projiziert man die Gründe in der Regel auf den Gatten. Dadurch entsteht eine kritische Atmosphäre, die unerläßliche Vorbedingung für Bewußtwerdung. Dieser Zustand beginnt bei den Gatten allerdings in der Regel nicht gleichzeitig. So vollkommen kann auch die beste Ehe die individuellen Verschiedenheiten nicht auslöschen, daß die Zustände der Gatten absolut identisch würden. Gewöhnlich wird der eine sich rascher in die Ehe finden als der andere. Der eine, gegründet auf ein positives Verhältnis zu den Eltern, wird wenig oder keine Schwierigkeiten haben in der Anpassung an den Gatten, der andere hingegen wird gehindert sein durch eine tiefergehende unbewußte Verbundenheit mit den Eltern. Er wird darum erst später zu einer völligen Anpassung gelangen, und weil schwerer erworben, wird sie vielleicht auch länger festgehalten. GW 17, 219 f.; Grundwerk 9, 52 f.

Ehe heute

Die Institution der Ehe (religiös sogar ein Sakrament) stellt einen solch unzweifelhaften sozialen und moralischen Wert dar, daß es begreiflich ist, wenn ihre Lockerung als unerwünscht, ja als empörend empfunden wird. Die Unvollkommenheit des Menschen ist immer ein Mißton in der Harmonie unserer Ideale. Leider lebt niemand in der Welt, wie sie wünschenswert wäre, sondern in der wirklichen Welt, wo Gutes und Böses vernichtend aufeinanderprallen, wo die Hände, die schaffen und aufbauen wollen oder müssen, das Schmutzigwerden nicht vermeiden können. Wenn immer etwas recht bedenklich wird, so versichert jemand unter vielfachem Applaus, daß nichts geschehen und alles in Ordnung sei. Ich wiederhole, wer so denken und leben kann, der lebt irgendwo anders als in der Gegenwart. Man wolle irgendeine Ehe kritisch unter die Lupe nehmen: Wo nicht ein vollgerüttelt' Maß äußerer Not und Bedrängnis die «Psychologie» verhindert und auslöscht, da sind die Symptome der mehr oder weniger geheimen Lockerung sichtbar, da gibt es «Eheprobleme», von unerträglichen Launen bis zu Neurosen und Ehebruch. Leider sind wie immer diejenigen, die es noch aushalten können, unbewußt zu bleiben, unnachahmlich, d. h. ihr gutes Beispiel wirkt nicht ansteckend genug, daß bewußtere Menschen auf das Niveau bloßer Unbewußtheit wieder hinuntersteigen könnten.

GW 10, 151; Grundwerk 9, 42

Für all die vielen, welche die Gegenwart nicht lieben müssen, ist es äußerst wichtig, daß sie an das Ideal der Ehe glauben und es halten, denn es ist nichts damit gewonnen, daß ein Ideal und ein unzweifelhafter Wert bloß zerstört wird, ohne daß etwas Besseres an seine Stelle tritt. Daher zögert auch die Frau, ob sie verheiratet ist oder nicht, sie kann sich nicht eindeutig auf die Seite der Rebellion stellen, sondern verharrt in dunklen Zweifeln. [...]

Solange es einen Gesetzesparagraphen gibt, welcher genau feststellt, was Ehebruch ist, muß die Frau wohl im Zweifel verharren. Weiß der Gesetzesparagraph, was «Ehebruch» ist? Ist seine Definition die nunmehr entdeckte ewige Wahrheit? Er ist in Wirklichkeit, vom psychologischen Standpunkt, dem für die Frau einzig wahrhaft gültigen, ein recht armseliges Machwerk, wie alles, was der Mann ersinnt, um die Liebe auf einen faßbaren Ausdruck zu bringen. Es handelt sich aber für die Frau weder um die wenig geschmackvollen Gesetzesformeln, welche der erotisch blinde männliche Verstand ersinnt und der Meinungsteufel der Frau nachbetet, noch um «Eheirrungen», «außerehelichen Geschlechtsverkehr» und «Hintergehen des Gatten», sondern es handelt sich um die Liebe. Nur wer unverbrüchlich an die traditionelle Ehe glaubt, kann dergleichen Geschmacklosigkeiten begehen, so wie nur der, der an Gott glaubt, richtig blasphemieren kann. Wer aber an der Ehe zweifelt, kann die Ehe nicht brechen, und für den gilt der Paragraph nicht, denn er fühlt sich, wie Paulus, jenseits des Gesetzes im höheren Zustand der Liebe.

Weil aber alle Gesetzesgläubigen so häufig neben ihr eigenes Gesetz treten, aus Dummheit, aus Verführung, aus Lasterhaftigkeit, so zweifelt die Frau der Gegenwart, ob sie am Ende nicht auch in dieselbe Kategorie gehöre. Vom traditionellen Standpunkt aus gehört sie auch dazu. Das muß sie wissen, damit der Götze der *Respektabilität* in ihr gebrochen werde. Respektabel ist, wie das Wort sagt, jemand, der sich sehen lassen kann, also einer, der der öffentlichen Erwartung entspricht, mit anderen Worten eine ideale Maske; ein Betrug, kurz gesagt. *Gute Form* ist kein Betrug; wenn aber Respektabilität die Seele, den wirklichen, gottgewollten Inhalt, verdrängt, so ist man, was Christus ein «übertünchtes Grab» nennt.

GW 10, 151 f.; Grundwerk 9, 43 f.

*

Die Frau der Gegenwart ist sich der unleugbaren Tatsache bewußt geworden, daß sie nur im Zustand der *Liebe* ihr Höchstes und Bestes erreicht, und dieses Wissen drängt sie zu der anderen Erkenntnis, daß Liebe jenseits des Gesetzes ist, aber dagegen wieder empört sich ihre persönliche Respektabilität. Man ist geneigt, damit die öffentliche Meinung zu identifizieren. Das wäre aber das geringere Übel; das schlimmere ist, daß diese Meinung ihr auch im Blut steckt. Sie kommt zu ihr als eine Stimme von innen, eine Art von Gewissen, und das ist die Macht, die sie in Schach hält. Sie hat sich nicht bewußtgemacht, daß ihr persönlichstes, intimstes Eigentum mit der Geschichte in Kollision geraten könnte. Ein solcher Zusammenschluß ist ihr das Unerwartetste und Absurdeste. Wer aber ist sich schließlich völlig bewußt, daß die Geschichte in Wirklichkeit nicht in dicken Büchern steht, sondern in unserem Blut steckt? Wohl nur die allerwenigsten.

GW 10, 152; Grundwerk 9, 43 f.

*

Solange die Frau das Leben der Vergangenheit lebt, kollidiert sie nirgends mit der Geschichte; kaum aber fängt sie an, von einer die Geschichte beherrschenden Kulturtendenz auch nur leise abzuweichen, so erfährt sie die volle Wucht der geschichtlichen Inertie [Trägheit], und dieser unerwartete Stoß kann sie brechen, vielleicht bis zum Tode! Ihr Zögern und ihr Zweifel werden verständlich, denn sie ist nicht nur in eine höchst peinliche und mißverständliche Situation, in die Nachbarschaft aller Verschlampung und Lumperei, sondern sogar zwischen zwei Weltmächte, die historische Inertie und das Göttlich-Schöpferische, geraten.

Wer wird es ihr verargen? Pflegen nicht die meisten Männer das «laudabiliter se subiecit» (Er hat sich löblicherweise unterworfen) in übertragener Form dem beinahe hoffnungslosen Konflikt, ob man Geschichte machen soll oder nicht, vorzuziehen? Es handelt sich eben schließlich um nichts Geringeres als darum, ob man gewillt ist, unhistorisch zu sein und damit Geschichte zu machen oder nicht. Niemand macht Geschichte, der nicht wagt, seine Haut zu Markte zu tragen, indem er das Experiment, das eben sein Leben selber ist, bis zum Ende durchführt und damit sein Leben nicht als eine Fortsetzung, sondern als einen Anfang erklärt. Das Fortsetzen ist ein Geschäft, das schon vom Tier besorgt wird, das Anfangen aber ist die Prärogative des Menschen, das einzige, was er über das Tierische hinaus aufzuweisen hat.

GW 10, 153; Grundwerk 9, 44

*

Zweifellos ist die Frau von heute mit diesem Problem im Innersten beschäftigt. So äußert sich in ihr eine unserer Zeit allgemein innewohnende Kulturtendenz zu einer völligeren Gestaltung des Menschen, eine Sehnsucht nach Sinn und Erfüllung, ein zunehmender Ekel vor sinnloser Einseitigkeit, vor unbewußter Instinktmäßigkeit und blindem Geschehen. Die Seele des Europäers hat die Lehre des Krieges nicht vergessen, so vieles sein Bewußtsein auch vergessen haben mag. Die Frau weiß in zunehmendem Maße, daß nur die Liebe ihr völligere Gestalt gibt, so wie der Mann zu ahnen beginnt, daß nur der Geist seinem Leben höchsten Sinn verleiht, und beide suchen im Grunde die seelische Beziehung zueinander, weil *die Liebe* des Geistes und *der Geist* der Liebe zur Vollendung bedürfen.

GW 10, 153; Grundwerk 9, 44 f.

Zitierte Werke

C. G. Jung, Gesammelte Werke (GW), 20 Bände, versch. Herausgeber, Olten 1971 ff.

Daraus speziell:

Das Liebesproblem des Studenten: GW 10

Die Ehe als psychologische Beziehung: GW 17

Die Frau in Europa: GW 10

C. G. Jung, Briefe, 3 Bände, Olten 1972 f.

Erinnerungen, Träume, Gedanken von C. G. Jung, aufgezeichnet von Aniela Jaffé, Olten 1971; mit Register [14]1997

Grundwerk C. G. Jung, hrsg. von Helmut Barz, Ursula Baumgardt, Rudolf Blomeyer, Hans Dieckmann, Helmut Remmler, Theodor Seifert, Olten 1984/85

Das C. G. Jung Lesebuch, ausgewählt von Franz Alt, Olten 1983

C.G. Jung

Der lange Fluß des Lebens

100 Seiten, Halbleinen

ISBN 3-530-41004-7

Im Mittelpunkt des Denkens Carl Gustav Jungs steht die Frage nach dem Sinn des Lebens, das er ganz praktisch als eine biologische, konkret erlebbare Gegebenheit beschrieben hat, die dem einzelnen Menschen Möglichkeiten bietet und Grenzen setzt.

Ob die Lebenszeit als Fülle erfahren werden kann, hängt für Jung davon ab, ob der Mensch sich redlich um eine geistige und tätige Auseinandersetzung mit sich selbst und seiner Umwelt bemüht. Der Mensch soll die Abhängigkeitswünsche der Kindheit aufgeben und sich zum bewußt handelnden Erwachsenen entwickeln, der fähig ist, sich den inneren und äußeren Konflikten der Lebensmitte und ihrer Fülle zu stellen. So kann er schließlich auch dem Verfall, dem Versagen der Kräfte und dem Tod bewußt begegnen.

Walter Verlag